AUTEURS CÉLÈBRES

60 c

André THEURIET

Le Mariage de Gérard

ERNEST FLAMMARION, Éditeur
26, rue Racine, PARIS

Le
Mariage de Gérard

OUVRAGES DU MÊME AUTEUR

Collection in-18 à 3 fr. 50 le volume.

Mon oncle Flo, roman . . . . 1 vol.
Histoires Galantes et Mélancoliques. . . . . 1 vol.
La Sœur de lait, roman. . . . . 1 vol.

Collection des Auteurs célèbres à 60 cent. le volume.

Lucile Désenclos. — Une Ondine . . . . . . 1 vol.
Contes tendres . . . . 1 vol.

ÉMILE COLIN ET Cⁱᵉ — IMPRIMERIE DE LAGNY

Le
Mariage de Gérard

PAR

ANDRÉ THEURIET

PARIS

ERNEST FLAMMARION, ÉDITEUR

26, RUE RACINE, 26

—

Tous droits réservés.

Le
Mariage de Gérard

I

Quelles voix berceuses possèdent ces cloches de province qui sonnent encore le couvre-feu dans certaines petites villes ! Cette musique familière clôt doucement la journée de travail, et endort les enfants dans leur lit d'osier mieux qu'une chanson de nourrice. Il y a quelque chose d'intime et de réconfortant dans ces sons pleins, larges et pacifiques... Le couvre-feu de Juvigny-en-Barrois a de ces accents-là. Sa voix chaude s'envole chaque soir, — à huit heures en hiver, à neuf heures en été, — du haut de la massive tour de l'Hor-

loge, seul fleuron laissé à la couronne murale de
la vieille cité par Louis XIV, ce grand déman-
teleur de nos forteresses lorraines. Au moment
où commence cette histoire, un beau dimanche
de juillet 186..., les dernières vibrations de la
cloche venaient de s'évanouir le long des coteaux de vignes où les maisons de Juvigny,
éparpillées dans la verdure, dévalent vers la
rivière d'Ornain, comme un blanc troupeau
indiscipliné qui descend à l'abreuvoir. Dans
un des jardins qui verdoient derrière les vieux
logis de la ville haute, un jeune homme, ac-
coudé au mur d'une terrasse, contemplait les
pentes de la gorge de Polval, resserrée entre
deux vignobles et déjà envahie par le crépuscule. Les premières étoiles ouvraient leurs
yeux de diamant au-dessus des lisières boisées
qui bordent l'horizon, et tout au loin, vers les
bois, des roulements de chariots résonnaient
sur la route pierreuse et s'en allaient dimi-
nuant toujours. Au milieu du silence relatif
qui avait succédé aux tintements de la cloche,
tout à coup le vent d'est apporta par bouffées
joyeuses la musique d'un bal champêtre perdu
sous les feuillées d'une promenade voisine.
Le jeune homme redressa la tête et aspira longuement l'air sonore, comme s'il eût voulu

s'abreuver des sons mélodieux épars dans le vent.

— Monsieur Gérard, cria tout à coup derrière lui la voix nasillarde de la vieille servante du logis, M. de Seigneulles est déjà couché, Baptiste et moi nous allons en faire autant, ne comptez-vous pas rentrer bientôt?

— Tout à l'heure, Manette.

La servante, ayant fermé à double tour la porte qui donnait sur les vignes, revint vers son jeune maître.

— Bonsoir donc! dit-elle, quand vous remonterez, n'oubliez pas de verrouiller le vestibule. Vous savez que votre père n'aime pas à coucher les portes ouvertes.

— Oui, oui, répondit-il impatiemment, bonsoir.

Gérard de Seigneulles était un garçon de vingt-trois ans, à la taille un peu frêle, mais bien prise. Son teint mat et ses yeux d'un bleu profond contrastaient avec ses cheveux noirs et sa barbe brunissante. Sa physionomie était mobile et nerveuse, la passion s'y trouvait comme voilée et contenue par une singulière timidité, et ce mélange donnait à toute sa personne une apparence de réserve qu'on prenait communément pour de la raideur. Son

père, chevalier de Saint-Louis et ancien garde-
du-corps sous la Restauration, s'était marié
tard et avait pérdu sa femme au bout de quelques années. Gérard était l'unique enfant de
M. de Seigneulles, qui l'avait élevé sévèrement
et à l'ancienne mode. Légitimiste ardent et
obstiné, intelligence peu cultivée, mais cœur
droit et d'une loyauté proverbiale, le *chevalier*,
comme on l'appelait à Juvigny, avait pour
principe que les fils doivent obéir passivement
jusqu'à leur majorité, et pour lui la majorité
était restée, comme dans l'ancien droit, fixée
à vingt-cinq ans.

A douze ans, Gérard avait été envoyé au collège des jésuites de Metz. Il se souvenait encore en frissonnant des transes qui le sai-
sissaient quand, aux vacances, il rentrait à
la maison avec de mauvaises notes. Il lui était
arrivé souvent de faire cinq ou six fois le tour
de la ville haute avant d'oser tirer la sonnette
paternelle et affronter les bruyantes colères de
M. de Seigneulles. Aussitôt après son bacca-
lauréat, il avait suivi un cours de droit à
Nancy ; mais là encore l'austère *chevalier*
s'était bien gardé de lui laisser la bride sur le
cou. Il avait mis son fils en pension chez une
vieille parente dévote et casanière. Pour ga-

gner sa chambre, Gérard devait traverser celle
de cette respectable douairière, ce qui l'obli-
geait à rentrer de bonne heure et rendait impossible toute tentative d'émancipation noc-
turne. A un pareil régime, on comprend
que le jeune homme n'avait pas dû traîner son
droit en longueur. Après avoir dépêché coup
sur coup ses quatre examens, il venait de
passer sa thèse, et il était de retour à Juvigny
depuis quinze jours à peine. En dépit de cette
éducation claustrale, Gérard était mondain
jusqu'aux moelles, et sa vertu lui pesait lour-
dement. On ne change guère plus ses instincts
que son tempérament, et le jeune Seigneulles
se sentait pris d'un goût violent pour les
plaisirs terrestres. Il avait le sang chaud et
l'esprit curieux. Comme on lui avait tenu jusqu'alors la dragée haute, il se promettait de
la croquer à belles dents le jour où il parvien-
drait à la happer. Malheureusement, dès la
première semaine de son retour, il lui fallut
en rabattre. Bien que Juvigny fût le chef-lieu
d'une modeste préfecture, les plaisirs n'y
abondaient pas; la vie qu'on menait chez M. de
Seigneulles n'avait rien de réjouissant pour
un garçon que ses vingt-trois ans déman-
geaient fort et dru. Le chevalier ne voyait que

le curé de sa paroisse et deux ou trois honnêtes gentilshommes du cru. Tout en laissant à son fils un peu plus de liberté, il ne lui donnait guère les moyens d'en profiter, et de plus, au milieu des jeunes gens de Juvigny, dont il n'avait ni les mœurs ni le langage, Gérard se trouvait gauche et dépaysé.

Il aurait voulu vivre cependant ! D'impatientes aspirations lui gonflaient le cœur et lui montaient aux lèvres. Ardent, la tête pleine de désirs et le corps plein de sève, il se disait que chaque heure de cette existence maussade était autant de pris sur sa jeunesse, et, tout en s'agitant dans sa solitude comme un écureuil dans sa roue, il bâillait d'ennui et de langueur. La veille encore, une jeune ouvrière, que Manette employait à la journée et qu'on nommait Reine Lecomte, l'avait surpris dans cette situation d'esprit. Il se promenait dans le jardin paternel en s'étirant les bras et en se démanchant la mâchoire. La jeune fille, coquette et délurée comme la plupart des grisettes de Juvigny, le lorgnait du coin de l'œil, tandis qu'elle ramassait du linge sur la pelouse.

— Monsieur Gérard, lui dit-elle tout à coup, vous avez l'air de joliment vous ennuyer !

— C'est vrai, répondit-il en rougissant, je trouve les journées longues.

— C'est que vous ne savez pas vous amuser. Pourquoi n'allez-vous pas le dimanche au bal des Saules ?

— Au bal ? murmura Gérard, qui tremblait que son père n'entendît.

— Oui, comme tous ces messieurs. On croirait que c'est par fierté et que vous faites fi de nos bals d'ouvrières.

— On se tromperait, répliqua-t-il ; si je n'y vais pas, c'est que je n'y connais personne.

— Bah ! vous ne manquerez pas de danseuses ; si vous y venez demain, je vous promets une contredanse.

Tout en jasant, la petite Reine pliait son linge ; le grand soleil éclairait ses yeux rieurs, son nez retroussé et ses dents étincelantes. Elle s'éloigna après avoir jeté au jeune homme un sourire qui le rendit rêveur.

Depuis le matin, il ruminait cette idée d'une fugue au bal des Saules, pesant dans la balance l'attrait du fruit défendu et les risques du courroux paternel. On s'explique maintenant pourquoi les sons joyeux de l'orchestre lointain lui causaient ce soir-là une si singulière émotion. Un Parisien habitué à dépenser libre-

ment sa jeunesse eût souri d'une pareille agitation à propos d'un bal d'ouvrières ; mais
pour Gérard, élevé comme une demoiselle et
n'ayant donné que de rares coups de dents à la
grappe du plaisir, ce bal avait la séduction
mystérieuse d'un péché commis pour la première fois. La guinguette des Saules lui semblait un jardin fermé, plein de senteurs nouvelles et capiteuses. Une soudaine explosion de
l'orchestre triompha de ses dernières hésita-
tions. Il ne fallait pas songer à sortir par la
porte des vignes, dont Manette avait emporté
la clef. Gérard enjamba le mur de la terrasse,
sauta légèrement sur la terre élastique du
vignoble, et se glissa avec précaution à travers
les pampres. Un quart d'heure après, il cheminait sous les arbres de la promenade.

La longue allée de platanes qui borde un
bras de l'Ornain était plongée dans une ombre
épaisse. Tout au fond, les lanternes de couleur
suspendues à l'entrée du bal semblaient des
vers luisants épars dans la feuillée. Quand la
musique se taisait, on n'entendait plus que le
clapotement cristallin de l'eau entre les racines
des arbres. Arrivé près du rustique pont de
bois qui conduisait à la guinguette, Gérard, es-
soufflé et palpitant, sentit son audace s'éva-

nouir. Il ne savait comment se présenter dans
ce bal dont il ignorait les usages, et il se mit à
errer, indécis, au bord de la rivière. L'orchestre
jouait une valse. A travers les charmilles, on
distinguait les guirlandes de verres de couleur, et on entrevoyait les couples tournant
lentement dans un cercle plein de poudroie-
ments lumineux. Les éclats de rire se mêlaient
aux sons câlins des flûtes et au chant plus aigu
des violons; une odeur de réséda et de clématite, s'exhalant des parterres voisins, acheva
de griser Gérard. Il se précipita sur le pont,
paya en baissant les yeux son entrée au contrô-
leur, tapi dans sa logette de sapin, et, longeant
comme un pauvre honteux les plus obscures
charmilles, il se glissa derrière les rangs
des mères endimanchées et des bourgeoises
curieuses qui formaient la galerie de ce bal en
plein air.

Il était à peine remis de son éblouissement,
lorsqu'il distingua parmi les danseuses le mi-
nois chiffonné de la petite Reine. La couturière
était toute pimpante dans sa robe de mousse-
line peinte et sous les rubans roses de son mi-
gnon bonnet, dont les brides volaient au vent.
Elle dansait avec un grand et robuste garçon,
à la barbe blonde touffue, à la mine épanouie

et narquoise, qui valsait à merveille et semblait le coq du bal. Il était coiffé d'un feutre
mou à larges bords, et vêtu d'un ample veston
de velours noir sur le revers duquel flottaient
les bouts d'une cravate ponceau ; un pantalon
de casimir blanc orné d'une bande noire com-
plétait cette toilette à la fois négligée et tapageuse, qui contrastait avec les redingotes cor-
rectes et les chapeaux à haute forme des autres
jeunes gens. La souplesse, l'entrain et l'aplomb
du valseur en veston de velours paraissaient
faire l'admiration de la galerie. — Voyez-vous,
dit une commère, la petite Reine aime les
beaux danseurs ; elle ne quitte pas M. Laheyrard.

— Elle se venge sur le frère des tours que
lui joue la sœur, répliqua une fille laide qui
faisait *tapisserie*. Mademoiselle Laheyrard a
soufflé à Reine son amoureux.

— Quoi ! ce petit Finoël se serait mis en tête
d'épouser la Parisienne ?

— Il est toujours accroché à ses jupes, et elle
le traîne partout comme son ombre !

La valse venait de finir, et Gérard, le cœur
battant, se mit à la recherche de la petite Reine.
Ayant remarqué que la plupart des jeunes gens
se gantaient pour danser, il fouilla dans ses

poches et n'y trouva qu'une paire de gants noirs. On ne se mettait pas en frais d'élégance chez M. de Seigneulles, et le noir y était la couleur à la mode. Tandis que Gérard regardait piteusement cette livrée de deuil et se demandait s'il ne valait pas mieux danser les mains nues, il entendit le signal de la contredanse et se trouva tout à coup face à face avec Reine Lecomte.

— A la bonne heure ! s'écria gaiement la couturière, vous êtes de parole ; donnez-moi le bras.

Gérard enfonça précipitamment ses doigts dans ses tristes gants noirs, et Reine, pendue à son bras, le promena triomphalement aux endroits les mieux éclairés de la salle de bal. Elle n'était pas fâchée de montrer à toute la galerie qu'elle avait pour cavalier un joli garçon et de plus l'héritier d'une des meilleures familles de Juvigny. Le jeune homme, devinant que tous les yeux le dévisageaient, acheva de perdre son aplomb. Quelques danseurs, qui le connaissaient et ne l'aimaient pas, le regardaient de travers ou ricanaient en sourdine. Gérard se sentait mal à l'aise et commençait à regretter son escapade quand l'orchestre préluda. Au même moment, le joyeux compagnon à la veste de velours aborda la petite Reine et s'écria sur un ton demi-goguenard et demi-prétentieux : — Eh quoi! Reine de mon cœur, vous m'avez fait faux bond, vous prodiguez vos grâces à un étranger !

— Oui, répondit-elle en minaudant, M. de Seigneulles vient ici pour la première fois, et il faut encourager les débutants.

— Je sais que vous aimez à faire des éducations, — répliqua le jeune homme avec un large éclat de rire, et soulevant son feutre : — Mes compliments, monsieur! dit-il à Gérard, qui se mordait les lèvres et rougissait.

— Taisez-vous, impertinent ! — s'écria Reine furieuse ; puis, se tournant vers son cavalier, elle lui demanda s'il avait un vis-à-vis. Sur sa réponse négative, elle interpella de nouveau le jeune homme à la barbe blonde. — Allons, mauvais sujet, reprit-elle, invitez vite une de ces demoiselles et faites-nous vis-à-vis.

— A vos ordres, duchesse!... — Il s'inclina plaisamment, pirouetta sur ses talons et revint bientôt avec une danseuse.

Le quadrille commença. Gérard ne savait que dire à Reine Lecomte, il ignorait complètement la langue qu'il faut parler aux grisettes; la conversation languissait, et le fils de M. de Sei-

gneulles songeait que ce bal était loin d'avoir
les charmes qu'il avait rêvés. Il tremblait de
commettre quelque gaucherie en dansant;
heureusement le quadrille s'exécutait avec un
sans-façon qui aurait mis à l'aise un enfant :
à chaque figure, les danseurs prenaient leurs
danseuses par la taille et se bornaient à
pirouetter avec elles. Le *cavalier seul* fut
l'unique épreuve réellement pénible pour
Gérard : il croyait sentir tous les regards fixés
sur lui et il s'avançait timidement, osant à
peine lever les yeux et ne sachant que faire
de ses bras. Il comprit surtout son infériorité
quand il vit à l'œuvre son vis-à-vis en veston
de velours. Le jeune homme débuta par une
série d'entrechats folâtres, pendant lesquels il
battait l'air de ses bras, dressés au-dessus de sa
tête comme les antennes d'un insecte gigan-
tesque; soudain il s'arrêta court, se balança
lentement et gravement en face de Gérard,
ébaucha un salut grotesque en rejetant vivement son feutre en arrière, envoya du bout des
doigts des baisers aux deux danseuses, puis
leur tendit les mains, et termina le tout par
une ronde échevelée.

Gérard était ébaubi. — Quel est ce jeune
homme? demanda-t-il à Reine.

— Mais c'est votre voisin, le fils de l'inspecteur de l'Académie... Ah! ah! je gage que vous connaissez mieux sa sœur, la belle Hélène Laheyrard.

— Non, j'arrive de Nancy et je ne connais plus personne.

— Vous la connaîtrez bientôt, reprit la petite Reine avec une intention maligne, elle fait assez parler d'elle! Dieu! si nous autres nous osions le demi-quart de ce que se permet cette Parisienne, on n'aurait pas assez de pierres pour nous lapider.

— Vraiment, et elle est jolie?

— Cela dépend des goûts, répondit Reine avec dédain; il y a des gens qui en raffolent parce qu'elle a de grands yeux qui ont l'air de vouloir dévorer le monde, et de longs cheveux bouclés qu'elle laisse traîner sur son dos. Quant à moi, je ne tournerais pas seulement le menton pour la voir passer; mais les hommes sont si bêtes!

Le galop final coupa court à la conversation; Gérard, qui avait repris un peu d'aplomb, enlaça étroitement la taille de sa danseuse et se mit à tourbillonner comme les autres à travers le bal. Il goûtait fort cette façon de danser. Tout fier de s'en être si bien tiré, il ne songeait plus déjà qu'à recommencer, lorsqu'une exclamation partie du banc où il avait reconduit Reine Lecomte le fit retourner sur ses pas. Une voisine venait de faire remarquer à la couturière les cinq doigts du gant de Gérard imprimés en noir sur son corsage blanc.

— Ah ! monsieur de Seigneulles, s'écria la grisette courroucée, vous êtes gentil : voyez dans quel état vous avez mis ma robe !

Le pauvre garçon, stupéfait et penaud, aurait voulu être à cent pieds sous terre. On faisait cercle autour d'eux, et les rieurs malintentionnés ne manquaient pas. Gérard rougissait, murmurait des excuses et s'embrouillait dans ses phrases.

— Ma foi ! dit derrière lui la voix goguenarde d'un gros commis de magasin, puisque M. de Seigneulles permettait le bal à son fils, il aurait bien dû lui payer une paire de gants jaunes.

— Bah ! reprit un autre, qui voulait faire le spirituel, tous ces nobles de la ville haute sont les mêmes, ils portent le deuil de leur garde-robe et de leurs espérances.

Gérard n'était point patient ; il se retourna vers le rieur, le saisit par le revers de sa redingote, et, le secouant violemment : — Monsieur, s'écria-t-il, je crois que vous vous permettez de m'insulter !

En un instant, il fut entouré par une bande de jeunes boutiquiers qui ne demandaient qu'à lui faire un méchant parti. — A la porte ! criait-on : est-ce que ces *noblillons* s'imaginent qu'ils viendront faire les maîtres dans notre bal ?

— Tout beau, messieurs ! cria une voix retentissante, est-ce ainsi qu'on pratique l'hospitalité chez vous ? — De deux coups de ses solides épaules M. Laheyrard se fit jour à travers la bande, et vint vivement se camper à côté de Gérard. Les poings carrément appuyés sur ses hanches, la mine narquoise et le chapeau rejeté en arrière, le jeune homme dévisagea les adversaires de M. de Seigneulles. — Voilà bien du bruit, continua-t-il, pour une robe fripée ! Monsieur se fera un plaisir d'en offrir une neuve à mademoiselle Reine, c'est son affaire. Est-ce une raison pour vous conduire comme des roquets de village qui aboient quand un étranger passe dans leur bourgade ? Je vous trouve absolument grotesques, et je vous dis ceci : le premier qui fera un pas vers mon jeune ami entamera d'abord une conversation avec mes deux poings... Avis aux amateurs !

Les assaillants se regardèrent, calculèrent mentalement la pesanteur des bras du jeune Laheyrard, et après quelques grognements sourds s'éparpillèrent aux premières mesures de l'orchestre, qui annonçait un nouveau quadrille.

Gérard remerciait chaudement son défenseur : celui-ci haussa les épaules et poussant son protégé vers une allée solitaire : — Vous venez sans doute au bal des Saules pour la première fois? lui demanda-t-il ; — et sur sa réponse affirmative : — On le voit, vous n'avez pas encore le pied marin; mais cela vous viendra avec un peu de pratique.

Gérard répliqua que cet esclandre l'avait dégoûté pour longtemps des bals publics, et voulut prendre congé de son nouvel ami. — Minute! s'écria celui-ci, je ne vous quitte pas. La promenade est obscure et déserte; ces idiots de là-bas pourraient en profiter pour prendre une revanche.

Ils sortirent ensemble et firent quelques pas sous les platanes.

— Si je ne me trompe, dit Gérard, nous sommes voisins. Je me nomme Gérard de Seigneulles, et je crois que c'est à monsieur Laheyrard fils que j'ai le plaisir de parler.

— Oui, répondit son compagnon en se caressant complaisamment la barbe, Marius Laheyrard, étudiant de la Faculté de Paris et rédacteur de l'*Aurore boréale*, journal de la nouvelle école... Vous avez pu y lire assez souvent des vers de ma façon.

— Pardon, dit poliment Gérard, je vous avoue que je ne connaissais pas ce journal, mais je me le procurerai.

— Je signe *Mario*, poursuivit M. Laheyrard, par égard pour le *bonhomme*...

— Quel bonhomme? fit Gérard, qui n'y comprenait rien.

— Le bonhomme Laheyrard... mon père, ajouta négligemment le poète. Il a horreur des vers, et il voulait m'empêcher d'écrire sous prétexte que mes *poèmes orgiaques* compromettent sa dignité universitaire ; mais je lui ai rivé son clou !

— Ah ! murmura le jeune de Seigneulles, interloqué du sans-façon avec lequel ce poète traitait l'autorité paternelle. — Puis, voulant être aimable, il ajouta : — J'aime beaucoup les vers moi-même ; j'admire surtout Lamartine.

— Lamartine, un vieux rossignol empaillé ! s'écria irrévérencieusement Marius.

— Mais, objecta Gérard, pourtant... *Jocelyn*...

— *Jocelyn*, c'est le *vieux jeu !* — reprit impitoyablement M. Laheyrard. Avec beaucoup de
verve, il se mit alors à exposer à son compagnon toute une théorie poétique d'après
laquelle une savante combinaison de mots
curieusement sonores et colorés tenait lieu
d'émotion et de pensée. — Voyez-vous, s'écria-
t-il d'un air superbe, l'inspiration qui fait
pousser des poèmes en une nuit, comme des
pissenlits dans un pré, il n'en faut plus...

A nous qui ciselons les mots comme des bronzes,

il faut la lueur des lampes, l'effort inouï et le
combat non pareil.

Gérard ouvrait de grands yeux. Pour joindre
l'exemple au précepte, Marius, à travers les
rues endormies, se mit à réciter des sonnets où
on ne parlait que de *siècles fauves*, d'*obscures
épouvantes* et de *farouches nostalgies;* le soleil
couchant y était comparé à un ivrogne bar-
bouillé de vin, et les étoiles à des poissons
rouges nageant dans un bocal d'azur... Après
avoir déclamé pendant un bon quart d'heure,
le poète s'arrêta pour bourrer sa pipe et l'allumer. A la lueur de l'allumette, Gérard contemplait la mine sensuelle et réjouie de Marius,
large des épaules, râblé et maflu comme frère

Jean des Entommeures, et il s'étonnait que
cette poésie funèbre et macabre pût sortir de
cette tête rabelaisienne.

— Je suis altéré comme le sable du Sahara,
s'écria M. Laheyrard, en faisant claquer sa
langue, et il est déplorable que les cafés soient
déjà fermés... — Là-dessus, changeant de
thèse et sautant en pleine réalité, il vanta les
vertus de la bière mousseuse, et, passant de
l'esthétique à la gastronomie, il célébra en
style épique les dîners plantureux qu'on faisait
à Juvigny. Le caractère de Marius présentait
un tel mélange d'affectation bizarre et de ga-
minerie enfantine, de bonhomie joviale et
d'excentricité voulue, que Gérard de Seigneulles se demandait s'il avait affaire à un fou
ou à un mystificateur. Tout en devisant, ils
avaient atteint la rue de Tribel, où ils demeu-
raient tous deux. Marius tira de sa poche un
énorme passe-partout. — Voici, dit-il, la mignonne clé qui ouvre le manoir paternel, mais
je veux d'abord vous reconduire jusqu'à votre
porte.

— C'est que, balbutia Gérard confus, je n'ai
pas de clé, et puis je tiens à ne pas réveiller mon
père. Il conta la façon dont il avait sauté par-
dessus le mur du jardin.

Marius éclata de rire. — Ah ! ah ! dit-il en se
tenant les côtes, les gants noirs, votre danse
pudibonde et vos cérémonies avec la petite
Reine, tout s'explique... Allons, vous êtes un
bon jeune homme, et j'espère que nous nous
reverrons. Regagnez votre mur, mon ami, et
bonne nuit !

Il rentra chez lui en sifflant. Quant à Gérard,
il tourna le coin de la rue, enfila le chemin du
Pâquis, puis, remontant à travers les vignes,
se mit en devoir d'escalader la terrasse. Grâce
à de vieux espaliers moussus qui formaient des
échelons naturels, il atteignit sain et sauf la
crête du mur. Il y était encore à chevauchons
quand une voix gouailleuse lui cria : — Bravo !
et en relevant la tête, il aperçut le poète, qui
fumait, perché sur un arbre du jardin voisin.

Le plus fort était fait. Avec précaution, Gérard franchit le vestibule et monta l'escalier
sur la pointe des pieds. Il avait atteint le palier sur lequel se trouvait la chambre de son
père, et il se croyait déjà sauvé quand par
malheur il heurta un meuble dans l'obscurité.
Au même instant, la porte de la chambre de son
père s'ouvrit, et le chevalier de Seigneulles,
drapé dans sa robe de flanelle, apparut, un
bougeoir à la main.

— Mule du pape ! monsieur, s'écria-t-il,
prenez-vous ma maison pour un hôtel garni ?
Je n'entends pas que mes portes restent ouvertes passé dix heures. Vous devriez le savoir...
— Et comme Gérard essayait de se justifier : —
Assez, ajouta-t-il sévèrement, allez vous coucher, vous me présenterez demain vos excuses.

II

Le lendemain, jour de barbe, le chevalier de Seigneulles était installé dans un fauteuil de cuir, au beau milieu de sa cuisine, entre sa servante Manette et son barbier Magdelinat. Manette avait allumé une flambée pour faire dégourdir l'eau destinée à la savonnette, et le jet de la flamme promenait de clairs reflets sur les ferrures du tourne-broche, les rangées de casseroles, les bassines de cuivre rouge, et le haut dressoir chargé de vaisselle. Un rayon de soleil filtrant à travers les rideaux de cotonnade rouge colorait d'un joli ton rose les cheveux déjà blancs de M. de Seigneulles et la face glabre et futée de Magdelinat, occupé à promener son rasoir sur la bande de cuir. Le barbier était un beau parleur, obséquieux et insinuant, méchant comme une guêpe et peureux comme un lièvre. Il connaissait le premier tous les petits scandales de Juvigny et avait l'art de les assaisonner de malins commentaires, afin de leur donner une saveur plus ou moins épicée selon le goût de ses clients M. de Seigneulles était le seul qui accueillît assez mal les histoires du barbier, et Magdelinat lui en gardait secrètement rancune. Il avait appris en se levant l'aventure du bal des Saules, et il aurait aimé à en régaler le chevalier, afin de rabattre un peu ses airs hautains et cassants. La langue lui démangeait fort ; mais d'un autre côté il était retenu par la crainte des orageuses colères de M. de Seigneulles, et tout en affilant son rasoir il cherchait un procédé ingénieux pour satisfaire son envie sans risquer de se brouiller avec son client. Ce jour-là, l'ancien garde-du-corps semblait moins disposé que jamais à lier conversation avec son perruquier. Il s'était réveillé de fort méchante humeur ; sa maigre figure était rigide, ses yeux gris restaient fixés droit devant eux, ses sourcils avaient l'air de deux accents circonflexes, et son nez d'aigle était plus pincé que d'habitude. Il ne desserrait guère les dents et restait insensible aux câlineries de ses deux chats favoris, qui se frôlaient en vain contre ses longues jambes en poussant de petits miaulements étranglés.

— Où est mon fils? demanda-t-il brusquement.

Manette répondit que M. Gérard, parti dès le matin pour les bois et ne sachant s'il rentrerait à midi, avait recommandé qu'on dînât sans l'attendre. M. de Seigneulles grogna d'un air de mécontentement.

— M. Gérard, dit gracieusement Magdelinat, est un joli garçon. Il promet de devenir un bien agréable danseur.

— Qu'en savez-vous? fit sèchement M. de Seigneulles.

— Oh! je ne sais rien que par ouï-dire.

— Que me chantez-vous là avec vos *ouï-dire?*... Mon fils n'a jamais mis les pieds dans un bal, et je ne sache pas qu'il aille battre des entrechats sur la place publique.

Magdelinat toussa discrètement, et s'occupa de faire mousser son savon dans le plat à barbe de faïence. — Monsieur le chevalier connaît-il le jeune Laheyrard?

— Ce drôle qui sonne du cor et m'empêche de dormir!... Dieu merci, non! et je n'ai nulle envie de le connaître.

— M. Laheyrard est aussi un joli danseur et de plus un gaillard qui n'a pas froid aux yeux.

M. de Seigneulles fit un geste d'impatience, et Magdelinat se hâta de lui promener son blaireau sur les joues et le menton; mais quand le chevalier, le visage enduit d'une onctueuse couche de mousse, fut mis hors d'état de parler à ce moment critique où le client est entièrement à la discrétion du barbier, Magdelinat reprit perfidement : — Il n'est bruit dans le public que de l'affaire de M. Laheyrard au bal des Saules. Figurez-vous, monsieur, qu'hier soir il a tenu tête à cinq ou six méchants drôles qui voulaient molester un jeune homme peu au courant des usages et venu au bal pour la première fois ! Comprend-on cela ? chercher querelle à un charmant garçon, sous prétexte qu'il est noble et que son père regrette Charles X?...

Il fut violemment interrompu par le chevalier, qui lui serrait le bras comme dans un étau. — Son nom ! s'écriait M. de Seigneulles à travers des flots de mousse. C'était Gérard, n'est-ce pas? Sangrebleu, faites-moi grâce de vos mystères, et dites-moi tout sans biaiser !

— Sapristi, lâchez-moi ! murmura le barbier épouvanté, je n'étais pas là... On m'a, il est

vrai, parlé vaguement de M. Gérard, mais je
n'affirme rien... Tenez-vous en repos, monsieur
de Seigneulles, sinon mon rasoir vous fera
quelque estafilade...

— Contez-moi tout ! répliqua le chevalier
d'un air sombre.

Le malicieux coiffeur ne se fit pas prier.
Sans tenir compte des grimaces de Manette,
qui lui montrait le poing derrière le fauteuil, il
dévida son écheveau jusqu'au dernier fil,
détaillant le quadrille dansé par Gérard, l'admiration du jeune homme pour la petite Reine,
la scène des gants noirs, et finalement la
triomphante intervention de Marius Laheyrard. M. de Seigneulles écoutait tout sans
broncher ; les muscles de sa figure s'étaient
détendus, son front était morne, et ses yeux ne
jetaient plus qu'une grise lueur. Il semblait si
mortifié que Magdelinat eut peur d'avoir été
trop loin, et, cherchant à raccommoder les
choses, il ajouta qu'après tout Reine était une
jolie fille, et que plus d'un voudrait être à la
place de M. Gérard.

— Assez ! grogna l'austère chevalier, croyez-
vous mon fils capable de s'afficher avec cette
ouvrière ?

— Et quand cela serait, répondit le barbier

en riant, pourvu qu'un garçon rapporte au
logis ses deux oreilles, il n'y a pas à s'inquiéter
du reste.

— Mais il peut compromettre cette petite
fille ! s'écria M. de Seigneulles scandalisé.

— Bah ! Reine est une rusée... C'est son
affaire d'ailleurs, et quand elle ferait un faux
pas en compagnie de M. Gérard, cela n'a pas de
conséquence !

— Monsieur... Magdelinat, dit le chevalier de
son air le plus méprisant, chez vos boutiquiers
de la ville basse cette morale-là peut passer ;
mais chez moi, quand on casse les vitres, on a
pour principe de les payer. Les Seigneulles ont
toujours vécu sans reproche, et mon fils res-
pectera cette jeune fille... Je ne veux pas qu'il
s'expose à quelque compromis scandaleux ou à
pis encore. — Manette, ajouta-t-il en se levant
fièrement et en s'essuyant le menton, dis à
Baptiste de seller Bruno !

M. de Seigneulles sortit sans daigner jeter un
regard vers Magdelinat, qui pliait bagage,
poursuivi des reproches de Manette.

Quand Bruno fut sellé, le chevalier, qui avait
revêtu sa longue redingote brune et coiffé son
chapeau aux larges ailes, descendit dans la
cour, enfourcha son vieux cheval et partit pour

sa promenade quotidienne. Tous les matins, après avoir entendu la messe de sept heures et achevé sa toilette, il faisait dans les environs une chevauchée de deux heures. Droit sur sa selle et ne perdant pas un pouce de sa haute taille, il suivait au pas les rues de Juvigny. Quand il passait devant une de ces vierges de plâtre qui ornent le logis de nos vignerons et qu'on décore d'un raisin noir à l'Assomption, il ne manquait pas d'ordinaire d'arrêter Bruno et de soulever son chapeau dévotement. Il fallait qu'il fût absorbé par de bien sérieuses réflexions, car ce jour-là il ne prit garde ni aux façades tapissées de vigne, ni aux Notre-Dame de plâtre. Il avait la tête basse et ruminait péniblement les propos de Magdelinat. — Ainsi, pensait-il, Gérard n'a pas échappé à la contagion ! J'ai eu beau veiller sur lui, l'élever religieusement, lui dérober le spectacle d'un monde impie et libertin, rien n'y a fait... Maudit siècle ! continua-t-il en allongeant un coup de cravache à Bruno, qui profitait des distractions de son maître pour tondre les brindilles d'une haie ; époque sans principes et sans respect, ta lèpre gagne les âmes nourries des doctrines les plus saines ! Aller se compromettre dans un bal de grisettes ! Gérard n'a-t-il point

de honte?... C'est une chose terrible que d'avoir
des fils. Dès qu'ils sentent leurs vingt ans, ils
deviennent semblables à ces vins qui se mettent à bouillonner aussitôt que la vigne est en
fleur, et cassent les bouteilles, si on n'y prend
garde... Sangrebleu, tous ces cœurs de jeunes
gens sont donc les mêmes?

Mon Dieu, oui, tous semblables! Et si M. de
Seigneulles, qui longeait une lisière bordée de
gros tilleuls, eût seulement regardé autour de
lui, il aurait pu voir que, dans la création, les
moindres bestioles étaient, comme les garçons
de vingt ans, en proie aux mêmes troubles et
aux mêmes tentations; toute la nature portait
la marque de la tache originelle. Sous la feuillée mielleuse des tilleuls, de magnifiques papillons nacrés se poursuivaient deux à deux;
des libellules vertes se balançaient par couples
aux tiges des joncs, et de l'autre côté de la
haie, des moissonneurs embrassaient leurs
moissonneuses, sans vergogne, en plein soleil!
Je ne sais si le chevalier vit ces choses et si
elles lui firent impression, mais il cingla les
flancs de Bruno d'un vigoureux coup de cravache. La bête prit le trot et ne s'arrêta pour
souffler que sur les friches de Savonnières. Le
soleil, déjà haut, répandait ses nappes dorées

sur un paysage agreste et accidenté. Au-dessus
des fonds ombreux de la gorge de Savonnières,
une légère brume se balançait encore, mais
sur les plateaux et les versants opposés tout
était allégresse et lumière aveuglante. Entre
deux bouquets de bois, on apercevait à travers
un clair voile de fumée les maisons de Juvigny
échelonnées aux flancs de la colline. Les toits
rouges tranchaient avec vigueur sur la verdure
foncée des jardins, les vitres scintillaient à
donner des éblouissements, et au-dessus des
fumées fuyantes la flèche de Saint-Etienne et
la tour de l'Horloge se dressaient lumineuses
sur un ciel d'un bleu immaculé. Au delà de la
ville, des vignes, puis des vignes encore, toute
une perspective de collines onduleuses et ver-
doyantes se prolongeant jusqu'aux grands bois
de l'Argonne, dont la ligne bleuâtre et loin-
taine marquait l'extrême limite de l'horizon.
A travers ce joyeux soleil, dans l'air limpide,
les voix sereines des cloches de Juvigny s'en-
volaient en grappes sonores. Le chevalier
laissa se reposer Bruno et savoura avec une
certaine volupté cet ensemble de choses har-
monieuses. Ce pays était le sien, il en avait dès
l'enfance respiré les senteurs robustes et il
l'admirait avec un orgueil patriotique. Le

spectacle des bois vaporeux et des vignobles
pleins de bruissements de sauterelles, la vue
des vieilles maisons de la ville haute et le
chant de ces mêmes cloches qui avaient sonné
son baptême lui rappelèrent sans doute le
temps où il avait été jeune, où il avait eu aussi
un cœur tendre et prompt à la tentation. Il se
sentit adouci et comme imprégné intérieurement d'une rafraîchissante rosée. Un moment,
le rigide gentilhomme s'amollit et revint à des
sentiments plus humains. — Allons, soupira-
t-il en donnant de l'éperon à Bruno, il faudra
marier ce garçon-là... il n'est que temps !

Marier Gérard! ce fut le sujet de ses médita-
tions pendant le repas de midi. Le jeune
homme, sous le coup de l'explosion des colères paternelles, s'était bien gardé de rentrer. M. de Seigneulles dépêcha son dîner et
descendit à la ville basse chez une vieille veuve
de ses amies, madame de Travanette. Le logis
de la veuve, situé dans le quartier de Juvigny
qu'on nomme le Bourg, est célèbre dans le
pays par son joli perron à rampe de fer forgé
et sa façade du XVIᵉ siècle aux élégantes gar-
gouilles de pierre. Ce logis était alors le seul
point de réunion des rares débris de l'ancienne
noblesse locale. Chaque jour, d'une heure à

quatre, les vieux amis de la maison se re-
layaient pour faire la partie de trictrac de la
veuve. Quand M. de Seigneulles pénétra dans
l'antique salon lambrissé de chêne et tendu de
verdures de Flandres, il aperçut l'abbé Volland, déjà assis près de la bonne. Dans le demi-
jour bleuâtre entretenu par les volets à moitié
clos, au milieu de ce grand salon aux meubles
fanés et aux dorures ternies, ces deux person-
nages faisaient un aimable et piquant tableau
d'intérieur. A l'un des coins de la bergère,
madame de Travanette, vêtue de soie puce,
très droite encore malgré ses soixante-dix ans,
ayant une figure sèche et bilieuse sous un tour
de faux cheveux noirs, tricotait attentivement
un gros bas de laine. Appuyé sur les bras de
son fauteuil, l'abbé Volland, curé de Saint-
Étienne, clignait doucement les yeux en écoutant les confidences de la vieille dame. L'abbé
était un petit homme replet, aux mains courtes
et potelées, à la mise soignée. Il frisait la
soixantaine. Ses lèvres épaisses, rouges et fen-
dues dans le milieu, donnaient à sa bouche
l'air d'une cerise double ; quand il riait, on
voyait sous ces lèvres gourmandes deux rangées de petites dents blanches et carrées du
bout. Cette bouche vermeille, le nez aux ailes

grasses et retroussées, l'œil fin et d'épais cheveux gris tout frisés disaient clairement que le
curé devait être un charmant convive, à l'humeur enjouée, aux manières onctueuses et à
l'esprit délié.

A l'arrivée de M. de Seigneulles, l'abbé Volland se leva en ébauchant élégamment un de
ces saluts ecclésiastiques qui ressemblent à
une révérence. On causa d'abord de choses indifférentes, puis le nom de Gérard ayant été
prononcé : — Comment va-t-il, demanda madame de Travanette, est-il vrai que vous vouliez faire de lui un magistrat ?

— Non, dit le chevalier, tant que le gouver-
nement actuel sera sur pied, Gérard ne prêtera
jamais un serment qu'il ne pourrait pas tenir.
Je réserve mon fils pour le jour où notre vrai
roi reviendra, ce qui ne saurait tarder...

— Amen ! soupira madame de Travanette, et
que le bon Dieu vous entende ; mais je crains
bien de ne pas voir ce jour-là... Les rois en
exil ont tort, ils sont à l'égard de leurs sujets
comme d'anciens amis qui veulent renouer
une correspondance interrompue depuis de
longues années ; quand il s'agit de reprendre
la plume, on s'aperçoit qu'on n'a plus une seule
idée commune et on ne trouve rien à se dire...

L'abbé, qui redoutait la politique, prit des airs distraits et gratta sur la manche de sa soutane d'imperceptibles grains de poussière.

— En attendant, dit madame de Travanette, que comptez-vous faire de Gérard?

— Je veux le marier.

— Si vite?...

— Il n'est que temps, répliqua le chevalier. Il conta l'escapade du bal des Saules, tandis que le curé souriait de l'air de quelqu'un déjà au courant de l'aventure. Quand M. de Seigneulles prononça le nom de Marius Laheyrard, madame de Travanette joignit les mains : —

— Ah! s'écria-t-elle, ces Laheyrard, quelle famille! Il paraît qu'on n'a jamais vu d'intérieur plus désordonné. Les enfants sortent avec des bas troués, et jamais dans la maison on ne touche à une aiguille. Je ne dis rien du père, c'est un pauvre homme; mais la mère, quelle folle!... Elle ne peut pas garder une bonne. On ne comprend pas vraiment qu'elle ait eu assez peu de tact pour faire nommer son mari dans une ville où elle a mené une jeunesse orageuse. Chacun sait que, lorsqu'elle a épousé M. Laheyrard, il y avait urgence... Elle m'a fait une visite que je ne lui ai pas rendue, et j'espère qu'elle s'en tiendra là.

— Sa fille aînée a du talent, objecta l'abbé.

— Pauvre enfant, je la plains, elle est si mal élevée ! Est-ce vrai, l'abbé, qu'elle se promène seule avec un petit employé de la préfecture, et qu'elle dessine des nudités ?

L'abbé Volland épousseta de nouveau d'invisibles soupçons de duvet.

— Je vous assure, madame, qu'on en dit plus qu'il n'y en a.

— Oh ! vous, monsieur Volland, vous les défendez ; vous avez un faible pour les brebis galeuses.

— Eh ! madame, riposta doucement l'abbé, n'est-ce pas la vraie charité évangélique ? D'ailleurs, madame Laheyrard est un peu ma parente ; Hélène est ma filleule, et elle chante aux orgues avec beaucoup de zèle et de ferveur.

— Enfin, continua obstinément madame de Travanette, personne ne les voit.

— Pardonnez-moi, madame Grandfief, toute rigide qu'elle est, n'hésite pas à recevoir mademoiselle Laheyrard...

— Qui donne des leçons de dessin à sa fille Georgette. Ah ! madame Grandfief est une fine mouche !

— Ne parlez-vous pas, interrompit M. de

Seigneulles, de la femme de l'ancien maître
de forges de Salvanches? Elle a donc une fille?

— Oui, reprit Mme de Travanette, et puisque
vous cherchez une femme pour Gérard, voilà
votre affaire.

Le chevalier dressa l'oreille. Mme de Travanette, qui avait la manie des mariages, fit aussitôt un merveilleux éloge de Georgette Grandfief : dix-huit ans, jolie, supérieurement élevée,
deux cent mille francs de dot, — en un mot, un
excellent parti. M. de Seigneulles eût préféré
une famille moins bourgeoise ; mais la vieille
dame lui remontra qu'à Juvigny les filles nobles
étaient fort pauvres et fort montées en graine ;
elle termina en offrant de servir elle-même
d'intermédiaire. Le chevalier restait pensif.
Avant de faire une démarche il aurait voulu
voir la mère et la fille, et juger par lui-même...

— Écoutez, dit tout à coup l'abbé en se levant
pour partir, ce que je vais vous proposer n'est
peut-être pas très canonique, mais le ciel me
pardonnera à cause de la pureté de l'intention.
Demain, Mme Grandfief et sa fille passeront au
presbytère l'après-midi, afin de confectionner
avec les demoiselles du rosaire les fleurs destinées à la fête de l'Assomption. Venez me faire
visite vers quatre heures et amenez Gérard.

Vous verrez ces dames, et le jeune homme nous
dira son goût.

M. de Seigneulles fit un signe d'assentiment,
l'abbé prit congé, et la partie de trictrac commença.

Le soir, à souper, le chevalier accueillit son
fils d'un air de bonne humeur et ne souffla mot
des événements de la veille. Avant de se coucher, il dit à Gérard : — Demain, vous ne vous
éloignerez pas. Nous irons ensemble visiter
l'abbé Volland... Et, ajouta-t-il, vous me ferez
le plaisir d'acheter des gants gris ; j'ai assez de
vos gants noirs !

Ce fut la seule allusion qu'il se permit à l'endroit du bal des Saules.

III

Le jardin du presbytère était bien le plus étrange jardin de curé qu'on pût rêver. Disposé en terrasses sur l'emplacement des anciens fossés de la ville haute, et fort négligé par l'abbé Volland qui n'entendait rien au jardinage, il offrait à l'œil un échantillon des cultures les plus diverses. Dans ce fouillis, parfait symbole de l'esprit d'égalité chrétienne qu'un bon pasteur doit maintenir parmi ses ouailles, les laitues croissaient fraternellement à côté des rosiers à cent feuilles, les lis alternaient avec les groseilliers, et de grands pieds d'angélique, des touffes de fenouil, de grosses boules de buis mêlaient leurs senteurs aromatiques au parfum des clématites. Le long de la terrasse inférieure régnait une allée de charmes centenaires, au

centre de laquelle s'ouvrait une rotonde ornée
d'une table de pierre et de sièges rustiques. Là
s'étaient réunies les jeunes filles occupées à
confectionner des fleurs de papier, sous la direction de la doyenne des congréganistes et
d'un jeune prestolet de vicaire très remuant et
frisé comme un mouton. Quand M. de Seigneulles et Gérard entrèrent dans le corridor,
un murmure de voix féminines, s'élevant de
cette charmille comme d'une ruche bourdon-
nante, parvint jusqu'à eux.

La servante les introduisit dans le salon, où
l'abbé Volland se trouvait en conférence avec
Mme Grandfief. Grande, avec une taille plate et
de gros os, cette dame avait des manières im-
posantes et mesurées, la parole impérieuse et
emphatique. Son front carré, encadré de
maigres cheveux châtains, son nez très long,
sa face rectangulaire terminée par un menton
massif, rappelaient vaguement le type de la
race chevaline. L'abbé lui présenta ses visi-
teurs, et M. de Seigneulles entama avec elle une
solennelle conversation roulant sur des relations communes. Cet entretien cérémonieux
amusait médiocrement Gérard, et il commençait à étouffer des bâillements nerveux, quand
le curé proposa de descendre au jardin. Le

jeune homme ne se le fit pas dire deux fois, et
dès qu'on fut dehors, abandonnant l'abbé et
ses hôtes, qui marchaient à pas de procession,
il se dirigea vers la charmille dont lè gai bourdonnement l'attirait. Quand il eut atteint l'une
des ouvertures, il s'arrêta un moment sur le
seuil de cette obscure et verte allée, d'où on
apercevait, comme au fond d'un panorama, le
groupe des robes claires au milieu desquelles
la soutane du vicaire faisait une tache noire.
Debout au centre du groupe, une jeune fille,
très blanche de peau, et dont les épais cheveux
blonds ondoyaient librement sur les épaules,
tenait une assiette pleine de groseilles rouges,
où elle picorait avec de jolies mines d'oiseau
friand.

— Vous aimez les groseilles, mademoiselle Laheyrard? dit au même instant le vicaire avec un
fort accent lorrain.

— Oui, j'aime surtout à les cueillir ; et vous,
monsieur l'abbé ?

— Moi aussi, mais je n'aime pas seulement
celles que je cueille, répondit-il d'un air de
convoitise.

— Voulez-vous des miennes ?

L'abbé fit un signe affirmatif et en un clin
d'œil la charmante espiègle, sans s'inquiéter

des figures scandalisées de ses voisines, saisit du bout des doigts une longue grappe, bien appétissante, et la balança devant les lèvres du vicaire.

Le malheureux était devenu cramoisi. Il regardait avec ahurissement cette grappe tentatrice, tremblotant à l'extrémité d'une main mignonne, et du même coup il entrevoyait un bras blanc, que la manche très large laissait à découvert. Il balbutia quelques syllabes confuses, et, tournant les talons, battit prudemment en retraite vers l'autre extrémité de la charmille, où le curé, M. de Seigneulles et Mme Grandfief avaient assisté à la scène. — Quelle inconvenance! murmura cette dernière à l'oreille du curé, qui faisait la moue.

Cependant la jeune fille tenait toujours sa grappe du bout des doigts : — Ce sera donc moi qui la mangerai! dit-elle avec un limpide éclat de rire; et elle l'égrena gentiment dans sa bouche. — Gérard s'était approché, elle l'aperçut, fit un mouvement de surprise, et ses clairs yeux bruns rencontrèrent les regards émerveillés du jeune homme.

— Georgette, dit la sévère madame Grandfief en s'adressant à l'une des travailleuses, mets ton chapeau, il est temps de nous retirer.

Une seconde jeune fille, brune avec des joues couleur de pêche mûre, une bouche en cœur, de gros yeux sournoisement baissés, et des formes grassouillettes, se détacha du groupe qui regardait mademoiselle Labeyrard avec horreur, et s'approcha de madame Grandfief.

— Voici ma fille, monsieur de Seigneulles, dit la dame, tandis que mademoiselle Georgette faisait une révérence cérémonieuse.

— Elle est charmante ! murmura galamment le chevalier.

L'abbé Volland, essayant de donner un air grondeur à sa physionomie onctueuse, avait pris à part la blonde espiègle aux groseilles. — Hélène, dit-il, je te prie à l'avenir de respecter mon vicaire.

— Mais, monsieur le curé, répondit la jeune fille d'un ton malicieusement confus, je le respecte et même je l'admire. Si vous aviez vu avec quel air de mouton effarouché il a résisté à la tentation... Il m'a rappelé le saint Antoine des marionnettes.

— Enfant terrible ! grommela le curé en secouant la tête.

Lorsque le chevalier et Gérard sortirent du presbytère : — Comment trouves-tu cette 'eune fille ? dit M. de Seigneulles.

— Très séduisante, répondit le jeune homme encore tout rêveur, quel joli son de voix et quels magnifiques cheveux blonds !

— Blonds ? répéta le chevalier en s'arrêtant, ai-je la berlue ? Il m'a bien semblé qu'elle était brune.

— Blonde, mon père ! avec de longues boucles soyeuses qui couvrent ses épaules ..

M. de Seigneulles fronça les sourcils. — Sangrebleu ! soyez donc à la conversation ; qui vous parle de cette *évaltonnée* à la crinière flottante ? Il s'agit de mademoiselle Grandfief.

— Ah ! fit Gérard, je l'ai à peine remarquée.

— Eh bien ! quand vous aurez l'honneur de vous retrouver avec elle, ayez la bonté de la regarder. Je l'ai remarquée, moi, et il ne me déplairait pas qu'elle devînt ma bru.

Pendant ce temps, la jeune fille que le chevalier traitait d'*évaltonnée* quittait à son tour le presbytère et regagnait lentement la rue du Tribel. — Quelles prudes que ces provinciales, songeait-elle, et quelle idée a eue papa de venir à Juvigny ! — Tout en maugréant, elle poussa un soupir ; les causes qui avaient amené sa famille en province lui revenaient tristement à l'esprit. Son père, ancien professeur de physique à Saint-Louis, avait fait de nécessité

vertu en quittant Paris, où la vie commençait
à être lourde avec quatre enfants et des appointements modestes. — Et songer, pensait-elle,
qu'il faudra moisir à Juvigny, devenir peut-
être une vieille fille laide et parcheminée
comme la doyenne des congréganistes !... Oh !
non, jamais ! — Au même instant, Gérard, qui
marchait derrière son père, se retourna, reconnut mademoiselle Laheyrard et la salua avant
de rentrer à la maison. — Tiens ! se dit la
jeune fille, interrompant brusquement ses
réflexions mélancoliques, notre voisin a décidément bonne mine... Il est joli garçon et n'a
pas l'air prétentieux des jeunes gens de la ville.
Ma conduite avec le vicaire a dû le suffoquer. —
Elle se mit à rire tout haut en songeant à la
mine effarée de l'abbé.

Des cris d'enfant l'accueillirent au moment
où elle entra dans la cour de la vieille maison
occupée par l'inspecteur d'académie. — Eh
bien ! Tonton, la maison est-elle en feu ? de-
manda-t-elle à une fillette de neuf ans, aux cheveux ébouriffés, à la robe trop courte laissant
voir des jambes maigres et noircies aux genoux.

— Hélène, s'écria l'enfant, le *Benjamin* a
déchiré son pantalon, et maman dit que tu
dois le raccommoder tout de suite.

— Jolie besogne! murmura Hélène, ne pouvait-on la faire sans moi?

— Maman dit que tu as emporté le fil noir.

— C'est vrai! fit la jeune fille en fouillant dans sa poche, d'où elle retira en riant un livre, une clé, des prunes vertes et enfin un petit sac de paille contenant le fil et les aiguilles.

Tonton la prit par la jupe et l'entraîna dans une grande pièce très simplement meublée, qui servait d'ouvroir et de salle à manger. Le Benjamin, garçon de onze ans à la mine insouciante, sifflait, perché sur le bord du buffet, et attendait, les jambes nues, qu'on voulût bien réparer son unique pantalon. Hélène passa un dé à son doigt, et, s'emparant de la culotte, où bâillait un énorme accroc, elle y fit une reprise tandis que Tonton, abusant de la position du malheureux Benjamin, lui pinçait les jambes en poussant des éclats de rire aigus.

— Bravo! cria Marius, dont la figure gouailleuse, épanouie comme un gros dahlia, apparut dans l'embrasure de la porte, touchant tableau de famille! *La Vierge au pantalon*, admirable sujet pour un poète de l'école du bon sens!... Ah çà, il est six heures, on ne dîne donc plus ici?

— Ne t'impatiente pas ! dit madame Laheyrard, qui se montra sur le seuil de la cuisine,
on va mettre le couvert.

Hélène prit des assiettes dans le buffet et les
disposa sur la table, garnie d'une simple toile
cirée. Pendant ce temps, le Benjamin, remis
en possession de son vêtement indispensable,
était allé chercher son père. Bientôt toute la
famille fut réunie dans la salle à manger.

Le dîner se ressentait de l'absence d'une cui-
sinière, la façon même dont il était servi disait
la hâte d'un repas improvisé sans goût et sans
art. — Je suis excédée ! gémit madame Laheyrard en posant sur la table ses coudes potelés.
— Elle approchait de la cinquantaine, mais elle
avait eu la beauté du diable, et il lui restait
encore une chevelure blonde bien fournie, des
yeux vifs et de superbes épaules. Elle était
sans cesse affairée et remuante ; mais son acti-
vité brouillonne ne profitait guère au bien-être
du ménage. Elle perdait toutes ses journées à
discuter avec les fournisseurs, à se quereller
avec sa servante, à se lamenter sur la cherté
des vivres et le peu de ressources de la petite ville. Ce soir-là, à l'heure du repas, ses
plaintes étaient encore plus verbeuses et plus
amères que de coutume ; elle venait de ren-

voyer sa domestique, et le dîner en avait pâti.

— Affreux pays ! s'écriait-elle en lançant des regards courroucés vers son mari, qui mangeait paisiblement son dessert, on nous a bien mal traités en nous envoyant dans cette bourgade !

— Mais, ma bonne amie, répondit M. Laheyrard en secouant les longs cheveux gris qui lui retombaient sur le cou, rappelle tes souvenirs, c'est toi-même qui as demandé Juvigny au ministère.

L'inspecteur d'académie parlait lentement ; rien qu'en écoutant son débit scandé et légèrement sentencieux, on devinait le vieux professeur qui a trôné longtemps dans une chaire universitaire. Cette parole mesurée avait le don d'exaspérer tout particulièrement madame Laheyrard.

— Eh oui ! c'est moi, répliqua-t-elle aigrement ; quand tu me le répéteras cinquante fois !... Je me suis trompée et j'en fais pénitence. Le pays n'est plus reconnaissable : la ville est maussade, et quant aux habitants, parlons-en ! Des gens vaniteux et mal élevés. Nous avons fait plus de quarante visites, et c'est à peine si on nous en a rendu dix... C'est ta faute aussi, monsieur Laheyrard !

— Ma faute! murmura l'ancien professeur,
puis-je forcer les gens à venir chez moi ?

— Tu n'as pas su te poser à Juvigny. On
donne des dîners partout; as-tu seulement
tenté une démarche pour faire inviter ta femme
et ta fille ?

— J'ai pour principe de ne jamais m'im-
poser, répondit le brave homme, c'est de la
dignité.

— C'est de l'égoïsme! Dis-donc que tu pré-
fères t'enfermer avec tes livres !

M. Laheyrard releva la tête et fixa un instant
sur sa femme ses yeux intelligents et fatigués.
— Mélanie dit-il doucement, tu vas trop loin.
Si on nous néglige à Juvigny, tu devrais te
rappeler que c'est peut-être autant ta faute
que la mienne.

Madame Laheyrard se mordit les lèvres. Cette
timide allusion à l'histoire de sa jeunesse jeta
une douche froide sur son excitation nerveuse.
Marius bourra sa pipe d'un air impatienté et
alla finir sa soirée dehors. L'inspecteur, pour
se dérober à de nouvelles lamentations, se ré-
fugia dans le jardin. Hélène se hâta d'enlever
le couvert et courut le rejoindre sous les arbres
du verger.

IV

Seule de toute la famille, Hélène comprenait
M. Laheyrard et l'aimait. Elle le voyait tourmenté par les folles exigences de madame
Laheyrard, tourné en ridicule par Marius, à
peine obéi par les enfants, auxquels on n'avait
inculqué ni la soumission ni le respect. Cependant elle le sentait bien supérieur comme
cœur et comme esprit au reste de la famille,
et elle s'efforçait de lui faire oublier toutes ces
petites misères domestiques à force de tendres
câlineries. Elle s'intéressait à ses travaux ; lui,
de son côté, l'encourageait dans ses études de
peinture. Quand il était fatigué de ses livres,
elle l'égayait de ses saillies espiègles. Pour
M. Laheyrard, au milieu des tracas adminis-
tratifs, la gaieté d'Hélène était comme la

chanson d'un rouge-gorge pendant une maussade journée d'hiver. Ce soir-là, ils se promenèrent longtemps, bras dessus bras dessous, le
long des allées herbeuses du jardin ; puis le
vieux professeur baisa sa fille au front et regagna son cabinet de travail, tandis qu'Hélène
se mettait à la recherche des enfants afin de les
traîner à leur dortoir.

Quand elle redescendit, lasse des criailleries
des deux marmots, madame Laheyrard, qui ne
pouvait tenir en place, était sortie pour faire
des courses en ville. Hélène se retira dans une
grande pièce contiguë au jardin, dont elle avait
fait son atelier. Des études étaient accrochées
au mur ; dans un angle, près d'un piano chargé
de musique, se dressait un chevalet ; sur un
guéridon, un bouquet de fleurs des champs
s'étalait dans un pot de faïence. La première
chose qui frappa les yeux de la jeune fille fut
l'empreinte des cinq petits doigts de Tonton
sur la toile où une étude était fraîchement
ébauchée. Hélène frappa du pied avec colère.
— Bicoque de maison ! s'écria-t-elle, — et, en
proie à un violent accès de mauvaise humeur,
elle alla s'asseoir sur les marches de pierre
qui descendaient vers le jardin. Là, les coudes
sur les genoux, les mains enfoncées dans ses

cheveux, elle promena ses regards mélancoliques sur la gorge de Polval, rougie par les
dernières lueurs du crépuscule. Juvigny lui
pesait. Née à Paris et Parisienne jusqu'au fin
bout de ses ongles roses, elle ne pouvait s'habi-
tuer à ce calme béat, à ces horizons étroits, à
ces intérêts mesquins de la petite ville. La vie
de province lui faisait l'effet d'une visite trop
prolongée chez des gens ennuyeux, dans une
maison sentant le moisi et le renfermé. Au
loin, dans le faubourg, un orgue nasillard jouait
un air qu'elle se souvint d'avoir entendu l'an
passé dans quelque théâtre du boulevard.
Toutes ses impressions de l'existence parisienne lui revinrent alors à la file. Elle se rappela son balcon au quatrième d'une maison de
la rue d'Assas, la grille du Luxembourg, le jeu de
paume avec ses joueurs aux casaques blanches
et rouges, les caisses d'orangers alignées sur la
terrasse où les bourgeois du quartier et les étu-
diants se promenaient gaiement à l'heure du
crépuscule. Elle gravit en imagination l'escalier du musée et revit la place où elle s'installait avec son chevalet et son carré de toile cirée
pour copier le *Labourage nivernais*. Elle avait
la nostalgie de toutes ces choses, elle aurait
donné deux ans de sa vie pour entendre de

nouveau la clameur des gardiens criant sous
les grands marronniers : « On va fermer ! »
Prise d'un mouvement d'irritation et de révolte : — Oh ! je m'ennuie trop ! s'écria-t-elle
avec colère en étirant ses bras. .

— Si je pouvais du moins être bon à vous dis-
traire ! dit derrière elle une voix mordante et
bien timbrée.

Elle tourna languissamment la tête. — Ah !
c'est vous, monsieur Finoël, bonsoir !

— J'avais à parler service avec M. Laheyrard,
il m'a dit que vous étiez à votre atelier, et j'ai
pris la liberté d'entrer... Est-ce que je vous dé-
range ?

— Non pas, j'ai mal aux nerfs, voilà tout...
Vous êtes le bienvenu.

Dans la pénombre crépusculaire, on distinguait confusément la petite taille du nouvel
arrivant et sa tête pâle encadrée de longs cheveux. Ses grands yeux d'un jaune fauve, ses
joues maigres et ses lèvres minces avaient cette
expression à la fois souffreteuse et spirituelle
qui est l'indice d'une organisation rachitique.
Francelin Finoël était, en effet, affligé d'une
déviation de l'épine dorsale, et c'était même en
partie à cette difformité qu'il devait son admis-
sion dans l'intimité de la famille Laheyrard.

Son emploi de sous-chef à la préfecture l'avait mis en relation avec l'inspecteur d'académie, et, comme il était obligeant, agréable causeur et bon musicien, madame Laheyrard, peu gâtée par la société de Juvigny, avait accueilli familièrement ce visiteur chétif et malingre, qu'elle regardait comme un garçon sans conséquence. — Comment allez-vous aujourd'hui? reprit Hélène en lui tendant une main qu'il serra avec vivacité dans ses longs doigts amaigris. — Il y avait dans l'accent et le geste de la jeune fille quelque chose d'amical et d'attendri. Sa bonté native la portait à se montrer affectueuse pour ce petit être maladif et disgracié. Cette familiarité compatissante surprenait bien des gens, et ceux qui connaissaient mal la jeune fille étaient portés à confondre cette pitié sympathique avec un sentiment plus vif. A voir les yeux subitement illuminés de Francelin Finoël, on eût dit qu'il s'y méprenait lui-même et s'abusait sur la nature des démonstrations cordiales de mademoiselle Laheyrard.

— Je vais toujours bien dès que je suis ici, répondit-il d'une voix caressante, rien que le contact de vos mains suffit pour me guérir.

Elle se mit à rire et se tourna vers lui tout

en allumant les bougies du piano. — Voulez-
vous, dit-elle, que je sois complètement
aimable, permettez-moi d'aller me rasseoir sur
la pierre du perron ; le frais du soir me dé-
tendra les nerfs.

Sur un geste du jeune homme, elle reprit
sans façon la pose dans laquelle il l'avait
trouvée : le front dans les mains et les yeux
perdus dans le vide. Assis sur le tabouret du
piano, Francelin Finoël la dévorait du regard,
tandis qu'elle restait silencieuse et comme en-
foncée dans sa rêverie.

— Mon peu de cérémonie ne vous choque
pas trop? reprit-elle; c'est que, voyez-vous,
j'ai déjà été aujourd'hui un objet de scandale
au presbytère, et je ne voudrais pas recommencer ce soir. A propos, il y avait chez l'abbé
Volland un de nos jeunes voisins, M. de Seigneulles ; le connaissez-vous ?

— Fort peu, mais assez pour ne pas l'aimer.

— Pourquoi? Il a une figure expressive, le
regard fier, la barbe noire, et avec cela il rougit
comme une pensionnaire. La timidité sied aux
bruns comme les fleurs aux grands arbres.

— Gérard de Seigneulles, poursuivit dédaigneusement Finoël, est un de ces jolis garçons
qui sont venus au monde avec des gants...

Cerveaux bornés et vaniteux, plantes de luxe brillantes et inutiles...

Hélène lui coupa la parole. — J'aime les fleurs qui ne servent à rien, s'écria-t-elle d'un petit ton décidé, j'aime tout ce qui est coloré et lumineux !

La soirée était chaude et des papillons venus du jardin tournoyaient autour des bougies. — Eux aussi ! répliqua ironiquement le petit bossu en montrant les insectes qui se grillaient à la flamme.

— Vous êtes sentencieux, ce soir, monsieur Finoël.

Hélène se leva, passa devant lui et se mit au piano.

— Chantez-moi quelque chose, cela dissipera nos idées noires.

Elle frappa quelques accords et indiqua du doigt à Finoël la partition de *Don Juan* ouverte à l'endroit de *la Sérénade*. Francelin obéit et commença. Il avait une voix merveilleusement pure et vibrante ; les sons, en s'échappant de ses lèvres, donnaient la sensation d'une musique trop idéale pour être humaine ; on eût dit une âme qui chantait. Tout en accompagnant, Hélène subissait le charme de cette voix étrange et pénétrante. Quand l'air fut fini, elle se re-

tourna et vit le regard profond du bossu fixé
sur elle avec une intensité embarrassante.

— Que vous avez de beaux cheveux ! murmura-t-il sourdement.

— Vous trouvez ? fit-elle en passant ses doigts
dans les boucles annelées avec un geste de co-
quetterie naïve, bah ! à quoi cela me sert-il ? Il
faudra les enfouir un de ces matins dans une
affreuse résille et devenir institutrice au fond
de quelque pensionnat maussade.

— Quelle plaisanterie ! dit Finoël en haussant
les épaules.

— Je ne plaisante pas ; nous sommes pauvres,
je suis une fille sans dot, et il faudra que je
gagne mon pain. Gouvernante ou sous-maî-
tresse, voilà mon lot ; cela vaut encore mieux
que de sécher sur pied dans ce trou de Juvigny.

— Vous n'êtes pas de celles qu'on laisse sécher ! répliqua-t-il en s'animant ; n'avez-vous
donc pas d'ambition ? Belle et richement douée
comme vous l'êtes, n'avez-vous donc jamais
rêvé un intérieur, des enfants, un mari heureux de faire de vous la reine de cette petite
ville que vous méprisez trop ?

Elle secoua la tête. — Bourgeoise en province, non, je n'ai pas la bosse...

Elle n'eut pas plus tôt lâché ce dernier mot

qu'elle remarqua une amère expression sur la figure de Finoël, et s'aperçut qu'elle venait de dire une sottise. En un instant, ses clairs yeux devinrent humides. Vexée de son étourderie, désolée d'avoir pu blesser le jeune homme, Hélène lui tendit la main avec vivacité. — Je voulais dire, reprit-elle confuse, que j'ai trop mauvais caractère pour faire une bonne femme d'intérieur.

Les pommettes du bossu s'étaient colorées d'une légère rougeur. — J'ai compris, — fit-il tristement ; puis, retenant la main d'Hélène dans les siennes avec une insistance passionnée : — Vous me croyez votre ami, n'est-ce pas ? s'écria-t-il ; eh bien ! promettez-moi de ne prendre aucune résolution extrême avant de m'en parler... Jurez-le moi !

Elle le regarda avec étonnement. — Je vous le promets ! dit-elle un peu effrayée ; là, êtes-vous content ?

— Merci ! murmura-t il en rendant la liberté à la main de la jeune fille.

Sur ces entrefaites, madame Laheyrard, revenue de ses courses à la ville basse, entra dans l'atelier. Dix heures venaient de sonner. Finoël prit congé de ces dames et regagna son logis.

Il habitait une maison d'assez pauvre appa-

rence, située à mi-côte, à quelques pas du
vieux collège. Un tisserand en occupait les caves
et le rez-de-chaussée ; les pièces du premier
étage étaient louées en garni à de petits em-
ployés et à des ouvrières. Francelin remonta
dans sa modeste chambre encombrée de pape-
rasses, et, ne se sentant pas en humeur de dormir, alla s'accouder à la fenêtre, ouverte sur
les jardins et le petit bois du collège.

Francelin était enfant naturel ; sa mère, lessiveuse et journalière de son métier, était morte
à la peine six ans auparavant. Élevé en qualité
de boursier dans ce même collège dont les
arbres ombrageaient sa croisée, il avait fait de
bonnes études, et à force de volonté il était par-
venu à sortir du milieu misérable dans lequel
il avait passé son enfance. Degré par degré, il
avait grimpé jusqu'à mi-chemin de l'échelle
sociale de Juvigny. A vingt-cinq ans, il s'était
fait nommer sous-chef de bureau, et il avait
l'oreille du secrétaire général de la préfecture ;
c'était un résultat, mais bien mince encore aux
yeux d'un garçon tenace et ambitieux comme
Finoël. Le fils de la lessiveuse rêvait d'être ad-
mis sur un pied d'égalité dans les salons des
riches fabricants et des hauts fonctionnaires de
Juvigny. Son talent de musicien lui avait déjà

ouvert la porte de quelques familles ; mais
d'autres maisons, et des meilleures, lui restaient
obstinément fermées. Depuis l'arrivée des Laheyrard, son ambition avait reçu un coup d'éperon violent. Ébloui par la beauté d'Hélène,
grisé par sa grâce familière et ses façons affec-
tueuses, il marchait depuis lors au milieu d'un
mirage et ne pensait plus qu'à devenir le mari
de mademoiselle Laheyrard.

— Pourquoi pas ? se disait-il ce soir-là en
écoutant le tic-tac des métiers de tisserand
épars dans le faubourg, Hélène est pauvre et
ne trouvera pas facilement à se marier : moi,
comme esprit et comme volonté, je suis supérieur à tous les jeunes gens d'ici. Avec elle pour
femme, je me sentirais de force à remuer tout
le petit monde de Juvigny et à grimper sur le
dos de tous ces gens-là pour atteindre mon
but. Je pourrais me faire nommer conseiller
municipal, supplanter le maire, qui est une
nullité, et, qui sait ? par ce temps de suffrage
universel, arriver jusqu'à la députation...

Un bruit frais de plantes mouillées et le glou-
glou d'une carafe sur le rebord de la fenêtre
voisine le rappelèrent à la réalité et lui firent
faire un brusque mouvement de retraite. Au
même instant, une voix de jeune fille se mit à

fredonner, une tête se pencha, et, à la lueur de
la lune naissante, la figure rusée de la petite
Reine se montra entre deux pots de balsa-
mines.

— Êtes-vous rentré, Francelin ? demanda la
couturière.

Reine Lecomte était la nièce du tisserand du
rez-de-chaussée; tout enfant elle avait joué avec
Finoël, et ils s'étaient tutoyés pendant longtemps. Elle aussi, depuis trois ou quatre ans,
choyait un rêve : c'était de devenir une dame
et de porter chapeau. Pour en arriver là, il suffisait d'épouser Francelin, et à son tour l'ambi-
tieuse grisette se disait : Pourquoi pas ?

Comme le jeune homme se tenait coi, elle re-
nouvela sa question.

— Oui, répliqua sèchement Finoël, mécontent d'être dérangé, je rentre à l'instant et je
vais me coucher.

— Vous êtes bien fier depuis que vous fré-
quentez vos belles dames de la ville haute ! Ces
Parisiennes vous feront perdre la tête, mon
pauvre Francelin.

— Vous m'obligerez en laissant ces dames en
paix, dit Finoël avec humeur, bonsoir !

— Patience ! murmura la petite Reine, qui
voulait avoir le dernier, « qui va chercher de la

laine revient tondu », et vous le serez à ras, mon bel agneau bêlant.

Finoël referma violemment sa fenêtre et s'en alla coucher furieux.

V

Satisfait de sa première entrevue avec madame Grandfief, M. de Seigneulles s'était décidé à mener rondement cette importante affaire du mariage de Gérard. Sur sa demande, l'abbé Volland et madame de Travanette avaient sondé le ménage Grandfief, et, leurs démarches ayant été accueillies favorablement, le chevalier avait chargé son notaire de résoudre les questions d'intérêt. En homme sage, il estimait qu'il ne fallait point mêler les discussions d'argent aux affaires de sentiment. Quand les apports respectifs furent bien établis, M. de Seigneulles se mit directement en relation avec M. et madame Grandfief, et il fut convenu que Gérard serait autorisé à faire sa cour à la jeune fille. Le vieux gentilhomme désirait que son fils fût agréé

comme un homme aimable avant d'être imposé
comme mari. Le mariage ne devait être divul-
gué que lorsque les deux jeunes gens se seraient
mis d'accord, et madame Grandfief, sûre de
l'obéissance de sa fille, convaincue d'ailleurs
de l'attrait irrésistible de la beauté de Georgette,
accepta cette condition, bien qu'elle lui parût
ridiculement romanesque.

Donc, deux fois par semaine Gérard alla passer
l'après-midi dans la maison de Salvanches, située à l'extrémité de la promenade des Saules,
au milieu d'un grand parc que l'Ornain baigne
de ses eaux bruyantes et poissonneuses. Le
jeune homme s'y rendait, tantôt accompagné
par son père, tantôt chaperonné par madame de
Travanette ou l'abbé Volland. Ces entrevues cé-
rémonieuses se passaient d'une façon fort maussade. Exécutant strictement le programme imposé par sa mère, mademoiselle Georgette, droite
sur sa chaise, le nez en l'air et les yeux baissés,
ne se mêlait à la conversation qu'avec une sage
retenue. Si Gérard lui adressait la parole, elle
soulevait lentement ses paupières frangées de
longs cils et regardait d'abord madame Grandfief, comme pour chercher une réponse dans
les yeux maternels. Quand elle se décidait à
parler, elle semblait presque réciter une leçon.

Elle était jolie, et bien que ses gros yeux noirs
eussent plus d'éclat que de profondeur, son nez
retroussé, ses joues fraîches, sa bouche mignonne, lui donnaient une certaine grâce pi-
quante et sensuelle ; mais elle avait l'esprit
étroit et peu cultivé, dans la ville ses naïvetés
étaient devenues proverbiales, et son babillage
frivole, tout rempli de détails de toilette, n'é-
tait pas fait pour mettre Gérard en verve. Le
jeune homme avait une de ces natures réservées
qui ne s'épanouissent pleinement que dans des
milieux réchauffants et sympathiques. Aussi
demeurait-il froid et taciturne, laissant tout
le poids de la conversation à l'abbé ou à madame de Travanette. Ces visites périodiques à
Salvanches lui paraissaient de lourdes corvées ;
il en revenait chaque fois somnolent, las et
mélancolique.

Un soir d'août, après une de ces stations chez
les Grandfief, il rentrait tout morose à la
maison. Ayant pris par les vignes, il gravissait
le sentier mitoyen entre la propriété de son
père et celle du voisin, quand des éclats de voix
et des cris joyeux lui firent relever la tête. Il
aperçut deux enfants qui traînaient une échelle
et qui à son approche disparurent derrière les
massifs de la terrasse. — Tonton ! Benjamin !

voulez-vous bien rapporter l'échelle ? cria
une voix argentine et aérienne. — De triom-
phants éclats de rire répondirent seuls à cette
sommation. — Méchants gamins! continua la
voix mystérieuse.

Dans le verger voisin, le feuillage d'un vigoureux prunier s'agita tout à coup, et Gérard y
découvrit, assise entre deux maîtresses branches, tenant d'une main un gros morceau de
pain et de l'autre cueillant des reines-claudes,
mademoiselle Hélène Laheyrard. Elle était charmante ainsi, tête nue, cheveux au vent, avec
une légère teinte rose sur ses traits animés et
un éclair dans ses grands yeux. Les rayons épars
dans la feuillée promenaient alternativement
sur son cou et sur sa figure de rapides touches
d'ombre et de lumière ; un léger vent qui agitait l'ourlet de sa robe découvrait deux mi-
gnonnes bottines et même parfois la naissance
de deux jambes aux attaches menues. A la vue
de Gérard, Hélène, avec un joli geste à la fois
chaste et coquet, ramena sur ses pieds les plis
flottants de sa jupe de toile ; puis, ses regards
rencontrant ceux du jeune homme, elle ne put
s'empêcher de rire.

— Mademoiselle, dit Gérard en la saluant,
permettez-moi d'aller chercher une échelle.

— Ne vous donnez pas cette peine, monsieur, répondit-elle ; les enfants reviendront d'eux-mêmes dès qu'ils s'apercevront que leur niche ne m'a pas émue.

Gérard la trouvait merveilleusement belle dans cet encadrement de feuilles vertes. Cette rayonnante manifestation de la beauté féminine eut pour premier effet de vaincre sa réserve et sa timidité. — Laissez-moi du moins, reprit-il, vous tenir compagnie jusqu'à ce que Tonton ait rapporté l'échelle.

Il tremblait que sa requête ne fût mal accueillie, mais Hélène eut l'air de la trouver toute naturelle. — Volontiers, fit-elle. D'ailleurs, puisque nous sommes voisins, je tiens à me réhabiliter dans votre esprit. Voilà la seconde fois que je vous scandalise, et c'était déjà trop de la grappe de groseilles...

Le jeune homme voulut protester. — Voyez-vous, continua-t-elle en l'interrompant familièrement, il ne faut pas me juger sur mes étourderies, et si mon frère Marius était ici, il vous dirait que je suis une fille sérieuse, bien qu'un peu *toquée*.

A ce dernier mot, Gérard ouvrit de grands yeux. — Je veux dire un peu folle, reprit-elle en riant. Ah ! je ne suis pas une demoiselle bien

élevée et bien sage comme Georgette Grandfief !...
Vous la connaissez, je crois ?... Si sa mère la
surprenait perchée comme moi sur un prunier,
quelle *sermonnade !* Je l'entends d'ici dire : Fi
donc ! mademoiselle !

Elle roulait de gros yeux, pinçait les lèvres
et mimait le ton sentencieux de la dame avec
une drôlerie si comique que Gérard ne put retenir un éclat de rire. — Vous avez, s'écria-t-il,
un joli talent d'imitation.

— Je possède comme cela un lot de jolis talents
qui me font passer pour une fille mal élevée...
J'essaie parfois de mettre en cage mes espiègleries, mais j'oublie de fermer la porte, et
prrrou !... les maudits oiseaux reprennent leur
volée. Au rebours de bien des gens, chez moi
le premier mouvement est toujours détestable,
mais le second est très bon, je vous assure.

— J'en suis certain, s'écria Gérard charmé.
Appuyé à la barrière du verger, il admirait
Hélène avec un réel enthousiasme. L'une des
mains de la jeune fille allait et venait dans le
feuillage, en quête des reines-claudes dont l'é-
piderme rosé, déjà fendu par la maturité, laissait voir les chairs juteuses et dorées. Elle les
croquait avec des mines friandes en passant,
comme une chatte, le fin bout de sa langue sur

ses lèvres humides, ou bien elle mordait sans
façon dans son croûton de pain. Le soleil faisait étinceler l'émail de ses petites dents, et parfois aussi les frais contours de ses bras blancs
sous l'ampleur des manches. Gérard, ébloui,
se sentait métamorphosé et découvrait au fond
de lui des audaces dont il ne s'était jamais
douté.

Troublé par ces émotions subites, qui lui
montaient à la tête comme la mousse capi-
teuse du vin nouveau, il était tenté de crier à
la jeune fille : — C'est fait de moi ! vous êtes
trop adorablement belle !... — Ses yeux du
moins le lui disaient ; quant à ses lèvres, elles
s'agitaient pour parler, mais ne savaient ou
n'osaient rien exprimer. A la fin, elles se des-
serrèrent. — Oui, répétait-il, je suis certain
que vous êtes bonne autant que belle, bonne
comme tout ce qui est franc et spontané : les
fleurs et le soleil !

— Pas de compliments ! répliqua Hélène d'un
ton décidé ; d'abord votre comparaison ne vaut
rien. Le soleil n'est pas toujours bon, et celui
de ce soir est en train de me rôtir si bien les
épaules que je n'oserai plus les montrer au prochain bal de madame Grandfief, car vous savez
qu'on danse à Salvanches... Vous aimez la

danse, je crois ? ajoute-t-elle en lui lançant un regard malicieux.

A cette allusion à l'aventure du bal des Saules, Gérard rougit et balbutia. — Moi, continua Hélène, je ferais cinq lieues à pied, par la pluie, pour danser un quadrille. Aussi, comme j'ai horreur de rester sur ma chaise, j'ai tenu ce soir à me montrer sous mes moins mauvais côtés, afin que vous n'ayez pas honte de m'inviter jeudi.

Elle fut interrompue par une voix retentissante qui criait : — Ne t'impatiente pas, Hélène, je t'apporte l'échelle de la délivrance !

Marius Laheyrard déboucha d'un massif de noisetiers en traînant l'échelle volée par les enfants ; au même moment, il aperçut Gérard : — Par Zeus ! s'écria-t-il, c'est mon danseur aux gants noirs... Tu connais donc M. de Seigneulles, sournoise ?

Gérard expliqua le hasard de la rencontre, tandis qu'Hélène posait ses pieds sur les premiers échelons. Elle rassembla ses jupes, sauta sur le gazon, et alla se suspendre au bras de son frère. Le jeune Seigneulles saluait déjà pour prendre congé, quand Marius le retint par le bras. — Non pas, s'écria-t-il impétueusement, vous avez mis le pied sur notre domaine

et nous vous gardons... Il y a aujourd'hui un
rôti passable, et vous dînerez avec nous.

Gérard voulait refuser, mais Hélène se tourna
vers lui et réitéra gaiement l'invitation ; il se
sentit séduit et se laissa entraîner jusqu'au
logis de l'inspecteur où Marius le présenta à sa
mère. Madame Laheyrard parut très fière du
nouvel ami de son fils, et l'ancien professeur
fit à son jeune voisin un accueil à la fois grave
et bienveillant qui le mit tout de suite à l'aise.
Le dîner fut cette fois présentable ; les enfants
étaient sages, la nappe était blanche, et le rôti
cuit à point. Mis en gaieté par la bonne chère
et la présence d'un étranger, Marius en profita
pour exposer ses théories les plus excentriques.
Hélène riait aux éclats, et parfois, quand les
charges du jeune poète dépassaient la mesure,
le silencieux M. Laheyrard se contentait de
hausser les épaules et de s'écrier avec un doux
accent de reproche : — Marius, mon ami, tu
me compromets ! — ce qui avait inévitablement
pour effet de déterminer une plus formidable
explosion de pétards subversifs, destinés à mys-
tifier le *bonhomme*.

Dans cette atmosphère de bonne humeur,
ayant devant les yeux le sourire étincelant et
le regard spirituel d'Hélène, Gérard se dégour-

dissait peu à peu. Il se faisait à lui-même l'effet
d'une feuille de thé toute recroquevillée avant
de tomber dans la théière, et qui sous l'influence
de l'eau chaude se détend, se déplie, reprend
sa forme naturelle et donne tout son parfum.
Quand on servit le café, il se sentait déjà un
autre homme. Il était devenu bavard et expansif.
Il conta son enfance solitaire dans la vieille
maison de la ville haute, son adolescence cloî-
trée chez les jésuites de Metz, ses études de
droit de Nancy avec l'antique douairière pour
chaperon... Hélène se mit à rire. — Mais c'est
un père farouche que le vôtre, et j'ai dû le cho-
quer terriblement l'autre jour au presbytère !...
Ah ! ce n'est pas notre papa, à nous, qui aurait
de ces duretés-là, s'écria-t-elle en câlinant
M. Laheyrard.

— Oui, murmura le vieux professeur, moi,
on me mène par le bout du nez !

— Si bien, continua l'espiègle jeune fille en
prenant le nez de son père entre ses doigts
effilés, si bien que son nez s'en est allongé ;
mais on aime bien son père ! reprit-elle en
frottant sa joue satinée contre la barbe déjà
longue du savant. Elle eut un subit élan de
tendresse ; le père et la fille s'embrassèrent
avec effusion, tandis que Gérard ému admirait

le groupe charmant formé par le vieillard aux
longs cheveux gris et la blonde enfant. Un pied
en l'air soulevant l'ourlet de la robe, l'autre à
peine posé sur la pointe, Hélène avait passé
ses bras autour du cou de son père et ne voulait
pas le désemprisonner.

A la fin, M. Laheyrard se dégagea et rentra
dans son cabinet de travail. Madame Laheyrard
était allée coucher les enfants, Marius fumait
dans le jardin. Hélène et Gérard restèrent seuls
près du perron, au pied d'un grand mûrier
noir, qui semait sur eux des baies purpurines.
Le crépuscule était arrivé, les grillons chan-
taient, des sphinx de vigne bourdonnaient au-
dessus des phlox en fleurs. Hélène s'approcha
des touffes lilas et parvint à enfermer dans ses
mains un des sphinx qui rôdaient autour des
fleurs : puis, revenant près de Gérard, elle
écarta les doigts à demi pour lui montrer l'insecte qui faisait faire le moulinet à ses ailes
roses et grises. — N'est-ce pas, dit-elle, qu'il
est étrange avec sa tête pointue et ses gros
yeux brillants comme des diamants noirs ?

Gérard, afin de mieux voir, avait pris les
doigts d'Hélène entre les siens et les tenait
presque au niveau de ses lèvres. Mademoiselle
Laheyrard sentait sur ses mains le souffle du

jeune homme. — Quelle jolie nuance ont ses
ailes ! murmura-t-il.

— Je voudrais avoir une robe de ce rose-là !
s'écria Hélène, j'ai envie de l'emprisonner sous
un verre pour le peindre demain.

— Non, répondit Gérard, soyez généreuse...
Il a si longtemps vécu cloîtré dans la maussade
prison de sa chrysalide !

— Comme vous ! fit étourdiment la jeune
fille.

— Oui, comme moi, répliqua-t-il gaiement,
cette nuit est peut-être sa seule nuit de fête, ne
la lui prenez pas.

— Bien parlé, dit Hélène ; va donc, bohémien,
reprends ta liberté et dépense-la joyeusement.

Elle ouvrit ses mains, et le sphinx s'enfuit
en bourdonnant. Gérard demeurait pensif.
Peut-être songeait-il qu'entre lui et le papillon
l'analogie s'arrêtait là ; tandis que le sphinx
reprenait son libre essor vers les phlox humides, le cœur de Gérard restait comme otage
dans les petites mains d'Hélène. Quand il rentra chez son père, il lui sembla qu'une métamorphose s'était opérée dans toute sa personne ;
en lui blanchissait une aube obscure, pareille
à cette lueur diffuse qui se répand au-dessus
des bois au moment où la lune va se lever.

VI

A partir de cette soirée, Gérard retourna
plus d'une fois chez Marius. A l'aide d'une sub-
tile capitulation de conscience, il regardait ces
visites, ignorées de son père, comme une compensation de l'ennui qu'il éprouvait à Salvanches. Il ne se considérait pas comme engagé
sérieusement avec mademoiselle Georgette ; il
allait chez les Grandfief pour ne pas désobéir à
M. de Seigneulles, mais après avoir accompli
ce devoir fastidieux il s'en récompensait par
une fugue chez les Laheyrard, où on l'accueil-
lait avec cette familiarité naturelle aux Parisiens, habitués aux relations rapidement
nouées. Madame Laheyrard lui reprochait de
ne pas venir plus souvent, et Hélène le traitait
en ami.

Elle se sentait curieusement attirée vers ce jeune homme réservé et cependant expansif à ses heures, timide et enthousiaste, à l'esprit cultivé et pourtant naïf, auquel l'éducation provinciale donnait le charme et la verdeur d'un fruit sauvage. Peu à peu elle l'introduisait dans son intimité, lui montrait ses dessins, lui faisait de la musique et lui parlait de Paris, qu'il n'avait jamais vu. La conversation d'Hélène, spirituelle et vagabonde, tantôt émue et tantôt railleuse, émaillée de mots étranges empruntés à l'argot des ateliers, découvrait à Gérard des horizons inconnus et attirants. Près d'elle, il se trouvait ignorant comme une carpe, et cependant il se sentait plus à l'aise et plus éloquent que partout ailleurs. La jeune fille lui donnait un aplomb et une confiance dont il ne s'était jamais cru capable. Entre eux, du reste, pas un seul mot d'amour, pas même un grain de cette menue galanterie qui est devenue presque une monnaie banale dans les conversations mondaines ; seulement parfois de longs silences inquiétants, un contact doucement prolongé de deux mains tournant un feuillet de musique, une fleur cueillie et donnée au moment du départ... Ce n'était rien et c'était exquis. Le meilleur de l'amour est dans ces

muets commencements, et Gérard savourait
délicieusement cet *andante* de la symphonie
amoureuse.

A quelques soirs de là, le jeune homme venait
de quitter Hélène, lorsque Francelin Finoël
entra dans l'atelier. La jeune fille, assise au
piano, répétait encore une des mélodies pré-
férées de son voisin. On eût dit que dans l'atmosphère quelque chose trahissait le passage
récent de Gérard, car Francelin amena immédiatement la conversation sur M. de Seigneulles.

— Il sort d'ici, dit Hélène.

— Ah! murmura Finoël, vous le voyez donc
maintenant? Puis il ajouta avec une intention
maligne : — On parle beaucoup en ville de son
mariage avec mademoiselle Grandfief.

Hélène pâlit. Cette nouvelle inattendue lui
causa une impression pénible. Elle avait beau
se dire qu'elle n'avait aucun droit sur le cœur
de Gérard, elle éprouva une souffrance aiguë
et sut très mauvais gré à Finoël de cette révélation désagréable.

— Ah ! fit-elle avec une indifférence affectée,
rien d'étonnant à cela ; M. de Seigneulles est
d'âge à se marier, et Georgette est un bon
parti. A propos des Grandfief, vous savez qu'ils
donnent un bal ?

— Quand? demanda anxieusement Finoël.

— Jeudi prochain... Les invitations sont
lancées ; mon père a reçu la nôtre hier, et vous
en trouverez une sans doute en rentrant.

Francelin parut visiblement inquiet. Il avait
toujours ardemment désiré d'être invité chez
madame Grandfief dont le salon était le plus ex-
clusif de Juvigny. Être reçu là équivalait pour
le jeune ambitieux à une lettre de naturalisa-
tion dans la haute société de la petite ville.
Son agitation devint si manifeste que Hélène
crut devoir le rassurer. — J'ai parlé de vous à
Georgette, dit-elle, on fera de la musique, et
vous êtes trop bon musicien pour qu'on vous
oublie.

Néanmoins Francelin ne paraissait que médiocrement tranquillisé. Il ne tenait plus en
place, et, abrégeant sa visite, il descendit en
courant jusqu'à la côte du collège. Ce fut avec
un tremblement qu'il introduisit sa clé dans
la serrure et qu'il alluma sa chandelle. Quand
la vacillante lueur put triompher de l'obscurité, le bossu parcourut d'un rapide coup d'œil
toute l'étendue de la chambre. Il ne vit pas
l'invitation si ardemment convoitée, et son
cœur se serra. Il commença ses perquisitions
en visitant les meubles un à un. Rien. Alors,

furieux, il bondit dans son escalier pour interroger la femme du tisserand, et rencontra Reine Lecomte, qui lui apportait un papier plié. Il le lui arracha des mains. Hélas! ce n'était que le journal du chef-lieu, encore vierge sous sa bande grise.

— Vous êtes sûre, s'écria-t-il, qu'on ne m'a pas apporté d'invitation pour le bal de Salvanches?

— Ma tante n'a rien reçu, répondit la petite Reine, tandis qu'un éclair malicieux passait dans ses yeux gris.

Les lèvres de Francelin devinrent toutes blanches. — C'est un oubli, murmura-t-il d'une voix étranglée.

— Non, ce n'est pas un oubli, dit nettement la couturière, qui n'était pas fâchée de la déconvenue de son ancien camarade.

— Qu'en savez-vous? grommela-t-il en lui lançant deux regards aigres et envenimés.

— Je le sais, répéta Reine impitoyablement, parce que j'étais à Salvanches quand mademoiselle Georgette a proposé à sa mère de vous inviter, à quoi madame Grandfief a répondu sèchement : « Non, non, je n'aime pas à mêler mon monde... » Est-ce assez clair?

Le petit bossu restait muet. Une colère

sourde lui mordait le cœur, et des larmes de
rage et d'humiliation roulèrent dans ses yeux
fauves. Reine aperçut ces deux larmes brû-
lantes; se repentant sans doute d'avoir asséné
le coup trop brutalement, elle reprit d'un ton
affectueux : — Je vous ai fait de la peine, mon
pauvre Francelin ; mais, quand je vois des gens
d'esprit comme vous se laisser berner de la
sorte, ça me donne sur les nerfs, et je ne puis
me retenir de leur crier casse-cou !

Finoël demeurait silencieux. La couturière
lui mit amicalement sa main sur le bras. —
Voyez-vous, continua-t-elle, ces gens riches
nous font quelquefois bonne mine, mais au
fond ils nous méprisent et se croient pétris
d'une autre pâte. Je le sais bien, moi qui vais
en journée chez eux et qui ai l'oreille fine !
Restez avec vos pareils, allez, Francelin, au
moins ceux-là vous aimeront pour vous-même.
Voilà-t-il pas une belle affaire que leur bal? Si
vous êtes curieux de savoir ce qui s'y passe, je
vous le dirai, moi; on m'a retenue pour être
au vestiaire. Je vous raconterai les toilettes des
dames, et vous saurez le nom de ceux qui au-
ront dansé avec mademoiselle Laheyrard...

Toutes les phrases de Reine entraient dans
le cœur de Finoël comme autant de flèches ; la

dernière le fit bondir de douleur, et repoussant la main de l'ouvrière : — Assez, s'écria-t-il, vous m'excédez, je suis malade, et j'ai besoin qu'on me laisse !

Reine haussa les épaules et sortit en faisant claquer la porte. Francelin alla s'asseoir près de la fenêtre. La nuit était splendide, le ciel très pur et plein d'un fourmillement d'astres ; à chaque instant, des étoiles filantes traversaient l'espace et glissaient silencieusement derrière les arbres du collège. On eût dit une immense fête donnée dans le ciel, un mystérieux bal des étoiles. Finoël, le cœur ulcéré, sentait en lui des bouillonnements d'envie et de haine. Il aurait volontiers souhaité que, par une soudaine convulsion, ces myriades d'astres scintillants vinssent tomber en pluie de feu sur cette ville qui le traitait en paria... O diversité des impressions ! le bossu contemplait en grondant le poudroiement des étoiles, et la chute des météores dans la nuit ne présentait à son esprit que l'image d'un embrasement sinistre ; pendant ce temps, à deux cents pas plus haut, dans sa petite chambre de la rue du Tribel, Gérard de Seigneulles rêvait, les yeux perdus dans le ciel constellé. Il écoutait les sons lointains du piano d'Hélène, il se rappe-

lait les gestes et les moindres mots de la jeune
fille, et, suivant d'un regard enivré l'éclosion
et la fuite lumineuse des étoiles filantes, il les
comparait dans son enthousiasme à des lis radieux tombant comme une pluie d'amour sur
la maison de sa bien-aimée.

VII

L'annonce de la soirée des Grandfief avait
mis tout Juvigny en émoi ; pendant huit jours,
il n'y eut plus à la ville haute et à la ville basse
d'autre sujet de conversation. — A Salvanches,
l'appartement du premier étage, où on n'avait
pas reçu depuis des années, venait, disait-on,
d'être décoré à neuf; on avait fait venir des
fleurs de très loin, et le bal devait être terminé
par un souper commandé à Paris. — Les cou-
turières veillaient jusqu'à minuit pour échan-
crer des corsages, bouillonner des tulles et
festonner des volants. Quant aux loueurs de
voitures, ils se frottaient les mains : Salvanches
était à une demi-lieue de la ville, on avait retenu d'avance tous leurs véhicules, depuis le
simple char à bancs suspendu sur l'essieu jus-

qu'au poudreux berlingot haut perché sur
d'antiques ressorts et orné de deux étages de
marchepieds.

Enfin le grand jour du jeudi arriva. Dès huit
heures, la famille Grandfief était sous les armes
et attendait ses hôtes sur le seuil du salon, car
à Juvigny on vient au bal de bonne heure, les
dames luttant de ponctualité afin de s'assurer
les meilleures places. M. Grandfief, bonhomme
méticuleux et pacifique, étranglé dans sa cravate blanche et gêné dans ses bottes vernies,
trompait les loisirs de l'attente en allant sur la
pointe des pieds modérer le jeu des lampes et
affermir les bougies dans leurs bobèches. Son
fils Anatole, jeune lycéen de douze ans, tout
fier de sa veste neuve, faisait de courageux
efforts pour introduire ses mains dans des gants
paille, tandis que, devant une glace, Georgette
s'étudiait à jouer de l'éventail. Droite et majes-
tueuse dans une robe de velours nacarat, qui
découvrait modestement ses épaules osseuses,
madame Grandfief marchait d'un air de reine,
jetant un dernier coup d'œil sur le salon et la
salle de billard, où l'on devait danser, et sur
le vestiaire, où la petite Reine, aidée d'une
femme de chambre, disposait les numéros et
les pelotes à épingles. A travers ces allées et

venues, elle adressait à son mari et à ses enfants de brèves et solennelles recommandations. — Georgette, dit-elle à sa fille, tu ne
danseras pas plus d'une fois avec la même
personne.

— Non, maman... Et avec M. de Seigneulles?

— Deux fois seulement... Entre les qua-
drilles, on fera un peu de musique, tu accom-
pagneras les chanteurs au piano...

— Je crois que j'entends une voiture ! s'écria
le lycéen, qui était aux aguets dans la galerie.

En effet, sur le sable du jardin illuminé de
lanternes vénitiennes, on distinguait le roule-
ment des roues. Toute la famille revint se
grouper au seuil du salon et prit des poses de
circonstance. Bientôt un frou-frou de robes
glissa le long des marches de l'escalier.

— Ce sont les cousins Provenchères! murmura Anatole qui avait hasardé une œillade
furtive du côté du vestiaire.

Les Grandfief remplacèrent brusquement
leur attitude pompeuse par des mines dédaigneusement indifférentes. — Peuh! maugréa
M. Grandfief, elles viendraient volontiers avant
que les bougies ne fussent allumées!

— Georgette, fit madame Grandfief, case-les

toi-même, afin qu'elles n'accaparent point les plus belles places.

Les dames Provenchères étaient des parentes pauvres qu'on invitait par devoir et qu'on traitait sans façon. Elles s'avancèrent toutes trois de front, avec l'air guindé des gens qui ne sortent guère. Les filles, déjà mûres, portaient des toilettes aux jupes étriquées, de petits souliers dont elles avaient elles-mêmes recouvert de satin neuf l'empeigne usée, et des gants blancs dont les éraflures nombreuses trahissaient le travail obstiné de la gomme élastique. La mère avait une sorte de fourreau de levantine marron et un bonnet orné de raisins artificiels. — Que de belles choses, cousine! fit-elle en jetant un regard d'envie sur les bougies des lustres, et des fleurs partout!... Vous devez en avoir pour plus de cent francs rien que dans l'escalier...

Cependant les invités arrivaient à la file : magistrats solennels donnant le bras à de maigres épouses, figées dans leur robe de moire ; gros fabricants à la mine épanouie et à la parole bruyante ; couples de jeunes filles noyées dans des nuages de tulle blanc ; puis les jeunes gens : clercs de notaire, professeurs, surnuméraires scrupuleusement rasés et gantés de frais, et çà

et là, les fils des filateurs et des maîtres de forges
des environs, reconnaissables à leurs toilettes
plus élégantes, à leur aplomb d'hommes riches
influents dans le pays. Gérard de Seigneulles
vint l'un des derniers ; il était seul, le chevalier
ayant pour principe de ne jamais se coucher
plus tard que neuf heures. Il jeta un rapide
coup d'œil sur les banquettes des danseuses ;
Hélène ne s'y trouvait pas, et le visage du jeune
homme eut une involontaire expression de
désappointement. L'orchestre ayant donné le
signal d'un quadrille, Gérard, d'après l'ordre
exprès de son père, alla inviter Georgette
Grandfief. La jeune fille y comptait du reste, et
lui avait gardé cette contredanse ; mais, si elle
avait espéré que la musique et l'animation du
bal feraient sortir son danseur de sa réserve
habituelle, elle se trouva déçue. Dans l'inter-
valle des figures, la conversation se traînait de
la façon la plus languissante. Gérard ne quittait
pas des yeux la porte du salon, et ne desserrait
les lèvres que pour laisser tomber des monosyl-
labes insignifiants. Mlle Georgette revint à sa
place très désappointée.

La foule commençait à refluer dans la salle
de billard. Les premiers plateaux de punch
avaient délié les langues et rompu la glace.

Les hommes papillonnaient gaiement autour
des fauteuils où les dames minaudaient en res-
pirant leurs bouquets. Les jeunes filles, réunies
par groupes, chuchotaient sournoisement derrière leurs éventails. Les danseurs allaient d'un
groupe à l'autre, murmuraient une formule
d'invitation, puis revenaient dans les embra-
sures des portes inscrire leurs engagements.
Un joyeux bourdonnement de voix mêlé au fris-
sonnement des étoffes emplissait l'atmosphère
tiède et lumineuse du grand salon. Le lycéen
Anatole Grandfief, assis sur une banquette,
songeait intérieurement qu'un bal est en somme
un divertissement fort inférieur à une partie
de barres ; pour se désennuyer, il posait ses
doigts sur ses oreilles, les fermant et les débou-
chant alternativement, de façon à jouir du singulier contraste de toutes ces rumeurs brusquement coupées par un silence artificiel, puis
éclatant de nouveau en notes confuses semblables à des bruits de mer. Tout à coup un
silence réel succéda au brouhaha des conversations, et tous les yeux se tournèrent vers la
porte du salon, où venait de paraître madame
Laheyrard, accompagnée de Marius et d'Hélène.

L'inspecteur avait chargé Marius de le rem-
placer. Madame Laheyrard, en robe rose très dé-

colletée, s'appuyant fièrement au bras de son fils,
se fraya un chemin jusqu'à la maîtresse de la
maison. Le poète était superbe ; sa luxuriante
barbe blonde reposait sur une cravate blanche
à larges bouts flottants, et il avait inauguré
pour la circonstance un gilet de satin bleu de
ciel qui faillit causer une émeute. — Il ne voulait pas, disait-il, être pris pour un notaire, et
ce gilet couleur du temps était destiné à corri-
ger la tonalité absolument bourgeoise de l'habit
et du pantalon noirs. — Quant à Hélène, sa toilette excita un murmure d'admiration chez les
hommes et mit un pli sur le front de toutes les
femmes. Une longue robe de gaze blanche mou-
lait merveilleusement les grâces de sa taille et
de son corsage ; sur cette étoffe à la trame
soyeuse et vaporeuse, une souple liane de
ronce, mêlée de fleurs et de fruits, était posée
en sautoir et s'en allait relever légèrement les
plis de la jupe. A la naissance de cette guirlande, juste à l'endroit où la gaze laissait voir la
mate carnation de l'épaule, un papillon ouvrait
ses ailes d'azur. Des ronces pareilles à celles du
corsage renouaient négligemment les boucles
à demi tombantes de ses magnifiques cheveux
blonds. Sûre de l'effet de cette toilette, à la fois
simple et raffinée, laissant errer ses grands yeux

bruns à droite et à gauche sans fausse modestie et cependant sans affectation de hardiesse, la coquette enfant s'assit auprès de sa mère avec une aisance et une souplesse élégante qui achevèrent d'exaspérer les jalousies de l'entourage.

En un clin d'œil et comme par une tacite convention, il s'opéra un mouvement de retraite dans les groupes voisins, de façon à isoler complètement les nouvelles venues.

La mère du lycéen Anatole, qui tenait à vivre en bons termes avec l'Université et ménageait la femme de l'inspecteur, s'aperçut rapidement de ce manège, et murmura quelques mots à l'oreille de Georgette, qui vint s'asseoir près d'Hélène. — Ma mère, dit mademoiselle Grand-fief, désirerait qu'on fît un peu de musique... Avez-vous apporté un de ces vieux airs que vous chantez si bien ?

— Je les sais par cœur, répondit Hélène, et je me mets toute à votre disposition.

Elle traversa le salon, s'assit au piano en se dégantant avec de petits gestes saccadés et impatients, et s'accompagnant ellé-même, au milieu d'un silence profond, elle chanta cette *brunette*, composée sur l'air d'une vieille danse que nos pères appelaient la *Romanesque* :

Au fond des halliers
Du grand bois qui bourgeonne,
Entends-tu les ramiers,
　　O ma mignonne ?

Dans les chemins creux,
Leur chanson vagabonde
Semble la voix profonde
Des printemps amoureux.

　　Elle s'élève,
　　Tombe et renaît ;
　　C'est comme un rêve
　　De la forêt.

　　Lente caresse
　　Aux sons voilés,
　　Son chant nous laisse
　　Ensorcelés.

　　Nos cœurs troublés
Par ces langueurs câlines
　　A coups doublés
Battent dans nos poitrines.

　　Tout le long du jour,
Sous les feuilles nouvelles,
　　Viens, parlons d'amour
Au chant des tourterelles.

D'aimer et d'être aimé
　　Voici l'heure.
Contre mon cœur charmé,

Ah ! demeure...
Mignonne, est-il rose qui fleure
Mieux que l'amour ? l'amour au mois de mai ?

La voix d'Hélène était si tendre à la fois et si
entraînante, elle avait des accents si veloutés
et en même temps si pénétrants, que, malgré
les préventions de la société de Juvigny contre
mademoiselle Laheyrard, les applaudissements
éclatèrent.

— Ils ont beau battre des mains, murmura
seule la cousine Provenchères à sa fille aînée,
je trouve de la dernière inconvenance pour une
jeune fille ces chansons où il n'est question que
d'amour...

Gérard était accouru complimenter Hélène.
Elle lui tendit la main d'un air radieux. —
Comment trouvez-vous ma toilette ? dit-elle en
se tournant gaiement pour se faire mieux admirer, suis-je à votre gré ?

— Vous êtes trop belle ! répondit Gérard
émerveillé, cette guirlande de mûres semble
avoir été cueillie tantôt dans la forêt... Elle vous
donne une grâce sauvage inexprimable, et près
de vous les autres danseuses ont l'air de plantes
de serre chaude.

— Parlez-vous bien franchement ?

— Oh ! du fond du cœur.

Cette admiration sincère était peinte si éloquemment dans les regards du jeune homme qu'Hélène ne pouvait guère en douter. Elle en parut enchantée, d'autant plus qu'avant de s'éloigner Gérard l'invita pour la première mazurke.

— Vous connaissez donc M. de Seigneulles? lui demanda Georgette qui survint.

— Certainement; nous sommes voisins, et M. Gérard est un ami de mon frère.

— Vraiment! fit mademoiselle Grandfief, il ne m'en avait rien dit... Eh bien! ma chère, continua-t-elle, entraînant Hélène à l'écart, je vais vous confier un secret.

— Un secret?

— Oui, et en échange, vous me rendrez un service... Il est question de me marier à M. de Seigneulles. Le savez-vous?

Hélène fit un signe de tête et resta muette. Elle sentit toute sa joie se fondre brusquement et lui laisser un froid glacial autour du cœur. Ces bruits de mariage n'étaient pas cependant nouveaux pour elle, mais, sans s'expliquer pourquoi, elle les avait traités de chimériques; les paroles de Georgette venaient de lui en révéler toute la réalité.

— On veut donc nous marier, reprit cette

dernière, ma mère s'imagine que tout va bien parce qu'elle est d'accord avec le chevalier, mais je ne suis pas de son avis ; je trouve, moi, que mon futur est bien froid, et je voudrais savoir ce qu'il pense au fond du cœur... Après tout, dit Georgette en se rengorgeant, je ne suis pas embarrassée de ma personne et je vaux bien qu'on se donne la peine de m'aimer pour moi-même !

Hélène, devenue très pâle, mordillait d'un air embarrassé le bout de son éventail ; mais Georgette, fort occupée d'elle-même, n'y prit pas garde et poursuivit : — Vous danserez certainement avec lui ; tout en causant, tâchez donc d'amener la conversation sur moi et de confesser M. Gérard. Vous seule pouvez me rendre ce service, d'abord parce que vous avez de l'esprit et que vous osez parler, ensuite parce que mes amies me jalousent et ne seraient pas fâchées de me souffler mon prétendu, tandis que vous...

— Oui, moi, je ne compte pas ! fit Hélène en essayant de masquer son trouble par un sourire.

— Je ne dis pas cela, mais enfin vous ne songez pas à vous marier ici, et c'est l'essentiel. . Allons, ma chère, faites cela pour moi, et, si dans la conversation vous trouvez moyen de glisser mon éloge, ne vous gênez pas...

L'orchestre retentit de nouveau, et les deux jeunes filles se séparèrent.

VIII

On jouait une mazurke ; c'était la danse promise à Gérard, et Hélène ne vit pas le jeune
homme s'avancer vers elle sans une certaine
appréhension. Son cœur battait à l'idée de dé-
livrer le message dont l'avait chargée Georgette, et cependant une secrète curiosité la
poussait à provoquer une explication. Elle prit
le bras de Gérard, et ils se mirent à danser
lentement sans se parler. Les flutes et les cors
mêlaient de temps en temps leurs soupirs aux
notes plus allègres des instruments à cordes ;
les couples glissaient ou sautaient alternativement en tournoyant, les danseurs droits sur
leurs hanches et la tête en arrière, les danseuses plus souples et plus onduleuses, inclinant doucement le front vers l'épaule du dan-

seur, comme si la musique les eût alanguies.
Les étoffes de soie chatoyaient, les épaules
mates ou rosées prenaient sous la lumière
chaude des lampes les tons de beaux fruits
satinés et pulpeux; les fleurs meurtries des
bouquets et des coiffures exhalaient dans l'air
des odeurs capiteuses. Les couples faisaient le
tour par le billard et la galerie, puis revenaient
s'égrener dans le salon. Hélène et Gérard atteignirent ainsi l'extrémité de la salle de billard
et là mademoiselle Laheyrard s'arrêta brusquement. Elle ne retrouvait plus sa hardiesse
accoutumée, elle était pâle et agitait son éventail d'une façon nerveuse.

— Êtes-vous fatiguée? demanda Gérard.

— Non, seulement un peu oppressée... Repo-
sons-nous un instant.

Au même moment, Georgette glissa devant
eux au bras de Marius, et, tout en dansant, elle
fit à Hélène un signe rapide du coin de l'œil.

— Mademoiselle Grandfief a l'air de beaucoup s'amuser, commença cette dernière d'une
voix mal assurée, elle est bien jolie ce soir!

Gérard gardait le silence. — N'est-ce pas
votre avis? continua-t-elle en insistant.

— Elle est très fraîche, répondit-il d'un air
indifférent.

— Fraîche!... c'est un pauvre compliment que vous lui faites là... Elle a de jolis yeux, de beaux cheveux...

— Moins beaux que les vôtres! répliqua-t-il en caressant du regard les boucles annelées qui retombaient sur le cou blanc de sa danseuse.

— Et puis, poursuivit Hélène, elle est très réservée et c'est un grand mérite, à ce qu'il paraît, c'est une femme d'intérieur, elle a beaucoup d'ordre, enfin une foule de qualités sérieuses.

— Elle en possède une surtout que vous oubliez, dit le jeune homme impatienté.

— Laquelle?

— Elle a une amie bien dévouée!

Ils se regardèrent un moment dans le fond des yeux. Hélène ne put s'empêcher de sourire; mais, redevenant promptement grave, elle reprit : — Je vous trouve sévère... Je sais qu'il est de mauvais goût de trop vanter ce qui nous touche de près; mais, bien que Georgette soit votre fiancée, il me semble que vous poussez la modestie un peu loin.

La figure de Gérard s'empourpra. — Ma fiancée! murmura-t-il, avez-vous pu le croire?

— Chacun le dit, et votre père ne le cache pas.

— Mademoiselle Grandfief peut être une
fiancée selon les rêves de mon père, s'écria
Gérard avec animation, mais elle ne sera
jamais la mienne! — Il baissa les yeux, respira
lentement, et ajouta d'une voix tremblante :
— La fiancée de mon cœur, celle que j'aime,
c'est vous!... — Et, tout effrayé de son audace,
il prit la main d'Hélène comme pour continuer
la mazurke interrompue.

La jeune fille était pâle comme un lis, mais
ses yeux illuminés trahissaient les joies de son
cœur.

— Hélène! reprit le jeune homme grisé par
ce regard charmant et par la musique du
bal, Hélène!...

— Assez! assez! murmura-t-elle d'une voix
impérieuse et tendre.

En même temps elle lui serra la main avec
force. Le monde entier disparut aux yeux de
Gérard ébloui, il souleva la petite main qui
palpitait dans la sienne, et fit le geste de la
porter à ses lèvres. La salle était solitaire et
personne ne pouvait les voir... Il le croyait du
moins, mais la porte du billard s'ouvrait en
face de celle du vestiaire, où la petite Reine,
intriguée par cette longue station, penchait de
temps à autre sa tête futée afin d'apercevoir les

deux jeunes gens. Le geste passionné de Gérard fut saisi au vol par la couturière.

— Je vous en prie! balbutia Hélène, qui perdait elle-même son sang-froid. — Elle fit quelques pas en marquant le rythme de la mazurke et entraînant son cavalier. — Profitons des dernières mesures, dit-elle, nous ne danserons pas ensemble ce soir.

— Je ne danserai plus avec personne! répondit Gérard au moment où les derniers accords de l'orchestre annoncèrent la fin de la mazurke.

Il s'éloigna comme un fou. Hélène était demeurée immobile et absorbée au milieu de la salle, quand elle sentit tout à coup un éventail frôler son bras. — Eh bien! chuchota Georgette derrière elle, lui avez-vous parlé de moi?

Hélène tressaillit et se contenta de répliquer d'un signe de tête affirmatif.

— Vous avez fait mon éloge, j'espère? continua mademoiselle Grandfief.

— Mais... oui.

— Qu'a-t-il répondu?...

La réflexion n'avait jamais été la qualité dominante d'Hélène, et Georgette était venue la questionner dans un de ces moments où

l'esprit est ailleurs et où les paroles jaillissent
des lèvres presque à l'insu de celui qui parle.
Encore à demi perdue dans sa rêverie, elle
murmura étourdiment : — Il a dit que j'étais
une amie bien dévouée. — A l'air stupéfait de
mademoiselle Grandfief, elle comprit qu'elle
avait laissé échapper une sottise, et voulut la
rattraper; mais elle eut beau balbutier une
explication embarrassée, le coup avait porté.

— Ah! s'écria Georgette courroucée, fort
bien!... à son aise! — C'est égal, fit-elle en
s'éloignant, c'est drôle!

Cependant les heures fuyaient. Sur une banquette de la salle de billard, le jeune lycéen
Anatole, alourdi par le punch et la chaleur,
avait fini par s'endormir. A l'animation de la
danse succéda le tumulte du souper. Les déto-
nations des bouteilles de champagne se
mêlèrent aux tintements des verres et au cliquetis de l'argenterie. Tout autour de la longue
table de la salle à manger, les rires perlés des
jeunes femmes, les mots plaisants glissés dans
l'oreille, les interpellations joyeuses, circu-
lèrent avec les coupes pleines de vin pétillant
et doré. Au milieu du bourdonnement des conversations, les saillies de Marius partaient de
temps en temps comme des fusées. Il s'était

placé sans façon près de mademoiselle Georgette, et la poussait traîtreusement à tremper
ses lèvres dans la mousse du champagne. Elle
y prenait goût et paraissait se consoler de l'indifférence de Gérard. Quand les violons donnèrent le signal du cotillon, elle accepta le bras
du poëte, et, sans se soucier des prudentes
recommandations de sa mère, elle dansa de
nouveau avec son joyeux voisin de table. La
foule avait diminué, les groupes s'éclaircis-
saient peu à peu, et au dehors les voitures
commençaient à rouler. Celle de madame
Laheyrard était arrivée; la femme de l'inspecteur fit signe à sa fille et à Marius. Au même
instant, Gérard s'élança vers Hélène et lui
donna le bras jusqu'au vestiaire. Il posa lui-
même sur les épaules de la jeune fille le gros
châle qui devait la protéger contre la fraîcheur,
et il escorta ces dames jusqu'à la voiture. — A
bientôt! lui dit Hélène en sautant légèrement
près de sa mère.

Marius referma la portière, et faisant un
geste majestueux : — En route ! cria-t-il au
cocher, moi, je reviendrai à pied avec mon ami
Gérard :

Je veux baigner mon cœur dans le frais du matin,
Comme on trempe un biscuit dans du vieux chambertin.

Il était quatre heures. A l'orient, au-dessus des vignes, une bande de pourpre annonçait le jour, et on entendait déjà la chanson des alouettes. Marius, la tête fort échauffée par le vin de Champagne, fredonnait un air de valse en endossant son pardessus. Près de lui, Gérard, les yeux perdus dans le ciel, cheminait comme en extase. — Brrrr..., dit le jeune Laheyrard, il fait *frisquet!*... Cette petite fête était vraiment charmante; mademoiselle Georgette est une aimable fille, et le champagne du père est un joli vin !

Il ne tarissait pas sur la beauté de mademoiselle Grandfief. Ce brave poète, qui dans ses vers ne chantait que les déesses aux blancheurs marmoréennes et les hétaïres aux yeux fauves, semblait dans la réalité singulièrement sensible aux charmes bourgeois d'un teint frais et d'un nez retroussé. — C'est beau comme Rubens ! s'écriait-il en célébrant les épaules potelées et les joues roses de mademoiselle Georgette; ah ! mon ami, bien que le dur métal de mon cœur ait été mordu par tous les acides de la vie, j'ai senti ce soir que les flèches d'Érôs pouvaient le faire vibrer encore... Je suis amoureux.

— Vous aussi ! dit ingénument Gérard.

— Moi-même;... mais chut! je ne vous la

nommerai pas. Apprenez seulement qu'elle est belle comme les trois *Kharites* et qu'elle a reçu l'aveu de mon amour.

— Quoi ! déjà ?

— Oui... Vous savez que j'ai toujours dans mes poches quelque sonnet de ma façon ?

— Vous lui en avez lu un ? demanda Gérard stupéfait.

— Mieux que cela ! Je l'ai déposé entre ses doigts mignons, et ma foi ! elle l'a lestement glissé dans son gant en baissant ses yeux de colombe effarouchée.

Gérard ne put s'empêcher de rire en songeant à la mine de cette danseuse inconnue quand elle déchiffrerait l'étrange poésie de Marius. Le poète, de son côté, lança un formidable éclat de rire, et l'écho de la promenade répercuta longuement la joie bruyante des deux amis.

Dans le ciel couleur de perle, les alouettes montaient gaiement, et au fond des vignobles les grives commençaient à gazouiller.

— Quel beau temps ! s'écria Gérard, comme le ciel est limpide et comme ces chants d'oiseaux vous mettent l'allégresse au cœur ! Il fredonna l'air d'Hélène :

Dans les chemins creux,
Leur chanson vagabonde
Semble la voix profonde
Des printemps amoureux.

— Ah! mon ami, dit-il en serrant la main de
Marius, étonné de l'entousiasme expansif de ce
garçon si réservé d'ordinaire, mon ami, quelle
bonne chose que la vie, et comme je suis
heureux ce matin!

— A la bonne heure! voilà comme j'aime à
vous voir! Évohé! vive la jeunesse! cria Marius,
lançant en l'air son chapeau et le rattrapant
au vol, — et dire qu'à cette heure il y a des gens
chauves, des bourgeois rhumatisants, qui
s'acagnardent dans leur lit et calomnient la
rosée du matin! Stupides vieillards!

Il avait pris le bras de Gérard, et tous deux,
débordant de sève et de jeunesse, s'en allaient
d'un pas léger vers la ville haute, chantant des
lambeaux de romance et déclamant des vers.
Quand ils furent au pied des terrasses de Polval,
Gérard tira de sa poche un passe-partout; mais
Marius l'arrêta d'un geste superbe. — Fi! mon
cher, lui dit-il, allons nous rentrer prosaïque-
ment par la porte? Non pas, souviens-toi,
Roméo, du bal des Saules et de ta souplesse
d'écureuil. — Escaladons la terrasse.

— Volontiers, fit Gérard. — En ce moment, il eût escaladé le ciel pour en rapporter un rayon d'étoile. Ils grimpèrent follement le long des espaliers qui craquaient sous leurs pieds. Quand ils atteignirent le parapet, le soleil levant leur donna la bienvenue avec sa première lueur rose.

— Et maintenant, mon fils, s'écria Marius, embrassons-nous !

— Embrassons-nous, répéta Gérard en serrant sur son cœur le frère d'Hélène.

Debout sur le mur, ils se donnèrent une fraternelle accolade au nez des vignerons matineux qui les regardaient effarés ; puis, tous deux, franchissant la clôture mitoyenne, disparurent à la fois derrière les charmilles des jardins.

IX

De même que la brusque volatilisation de
l'éther fortement chauffé produit un froid in-
tense, les effervescences de notre cerveau sont
suivies d'une réaction de réflexion calme et
réfrigérante. Dans l'ordre moral ou physique,
la loi est pareille. Gérard de Seigneulles s'en
aperçut au lendemain du bal de Salvanches,
quand, après un sommeil agité, il s'éveilla
dans sa chambre inondée de soleil. Les exalta-
tions de la veille, s'évaporant comme de sub-
tiles fumées, amenèrent en lui un dégagement
de froide raison. Il aimait Hélène, et il le lui
avait dit; mais en même temps, aux yeux de
son père et de la famille Grandfief, il était le
fiancé de Georgette. Il ne pouvait honnêtement
continuer à jouer ce double rôle. Sa loyauté et

son amour pour mademoiselle Laheyrard lui
commandaient de se créer au plus tôt une
situation nette; mais, d'un autre côté, il n'envi-
sageait pas sans terreur les moyens qu'il em-
ploierait pour sortir de l'équivoque, et l'explosion de colère avec laquelle le chevalier de Seigneulles accueillerait un pareil dénouement.
Il fallait agir ainsi cependant, Gérard était impatient de revoir Hélène, et il ne voulait pas
reparaître devant elle avant de s'être dégagé
complètement avec les Grandfief. Il résolut
d'aller dès le lendemain à Salvanches, et de
n'en revenir qu'après avoir clairement décliné
toute prétention à la main de mademoiselle
Georgette. Afin de ne pas compliquer les choses,
il devait, jusque-là, continuer à dissimuler, ne
se souciant pas d'affronter la colère paternelle
avant d'avoir bravement brûlé ses vaisseaux.

Quand il fut sur la route de Salvanches, bien
qu'il marchât avec une honnête lenteur, il lui
sembla que les arbres de bordure se succé-
daient avec une étonnante rapidité. Il se représentait par avance la scène qui allait se passer
chez les Grandfief; il imaginait les demandes
et les réponses, entendait les intonations solennelles et sentencieuses de madame Grandfief,
et prévoyait qu'en somme il ferait là-bas une

fort piteuse figure. A la grille, lorsqu'il eut
agité la sonnette, dont chaque tintement lui
allait au cœur, ce fut d'une voix hésitante qu'il
s'informa si on pouvait le recevoir. — Oui, ces
dames travaillent dans le petit salon. — Et d'un
pied léger la femme de chambre le précéda
dans le vestibule. Là, il eut un dernier frisson;
mais, évoquant la blonde figure d'Hélène, il
retrouva bientôt tout son courage, et entra
déterminé à mener les choses à bonne fin.

Madame Grandfief était debout, comptant
une pile de linge. Assise, près de la fenêtre,
devant un de ces jolis dévidoirs comme on en
voit dans les tableaux de Chardin, et que nos
grand'mères appelaient des *giroindes*, mademoiselle Georgette était en train de pelotonner
des écheveaux de fil. Madame Grandfief aimait
qu'on surprît sa fille vaquant à ces menus
détails de la vie domestique; cela lui donnait
un petit air sérieux et la posait en femme de
ménage. Après un échange de politesses
banales, la mère de Georgette emporta sa pile
de linge et laissa les deux jeunes gens en tête à
tête. Elle trouvait, elle aussi, que Gérard se
tenait un peu trop sur la réserve; s'imaginant
que sa présence l'intimidait, elle résolut pour
la première fois de le laisser seul avec sa fille;

8

néanmoins, en mère prudente, elle se tint aux
écoutes derrière la porte de la pièce voisine.

Gérard s'était assis dans un fauteuil et se
demandait comment il commencerait sa
harangue; mademoiselle Georgette continuait
à dévider son fil, tandis que par la fenêtre ouverte les jasmins de Virginie, poussant leurs
branches jusque dans l'intérieur du salon,
venaient effleurer ses cheveux noirs soigneuse-
ment lissés en bandeaux. Par intervalles, on
entendait le frais bouillonnement de l'Ornain,
qui roule en cet endroit avec une rapidité
torrentielle. Ce fut la jeune fille qui la première rompit le silence en s'excusant de poursuivre son travail de dévideuse, et, comme
Gérard s'étonnait de la voir si laborieuse au
lendemain d'un bal : — Que voulez-vous, dit-
elle, chacun occupe son temps comme il peut
et je n'ai pas les ressources d'esprit de mademoiselle Laheyrard !

L'attitude de Gérard au bal avait grièvement
blessé son amour-propre, et on le sentait à son
ton agressif. Le jeune homme s'empressa de
mettre à profit l'entrée en matière qu'on lui
offrait. — Je ne crois pas, dit-il, que mademoiselle Laheyrard soit si désœuvrée, elle s'occupe
beaucoup.

— De ses robes, oui... Il est vrai que c'est une grosse affaire... Comment avez-vous trouvé sa toilette de jeudi?

— Simple et de bon goût.

— Simple, peut-être, cette méchante petite robe de gaze n'avait pas dû lui coûter cher; mais de bon goût, ce n'est pas l'avis de tout le le monde.

— C'est le mien, répondit sèchement Gérard.

— Ah! fit Georgette avec dépit; puis, de plus en plus excitée, elle continua : — Puisque vous êtes de ses amis, conseillez-lui donc de ne plus se poser de papillons sur l'épaule.

— Je m'en garderai bien. Mademoiselle Laheyrard n'a de leçons de goût à recevoir de personne; elle est trop parisienne pour cela.

— Et trop coquette pour se priver d'un colifichet qui attire tous les regards!

L'action était engagée. Les paroles amères partaient comme des flèches. Là-bas, sous les néfliers du jardin, la voix grondeuse de la rivière s'élevait à mesure, comme pour se mettre au diapason de la querelle.

— Elle est assez jolie, répliqua Gérard, pour se passer d'être coquette.

— Avec quel feu vous la défendez! s'écria malignement mademoiselle Grandfief, à laquelle la jalousie donnait de l'esprit pour la première fois, vous êtes un ami bien dévoué !...

— Mademoiselle Laheyrard n'en pourrait pas dire autant de toutes ses amies.

— Le reproche me touche peu... Mademoiselle Laheyrard n'est pas mon amie. Dieu merci ! je place mieux mes amitiés.

— Chacun place son cœur où il peut, riposta Gérard, qui s'irritait à son tour ; quant à moi, je l'aime, et je ne souffrirai pas qu'on l'attaque en ma présence...

Ce fut la goutte d'amertume destinée à faire déborder le vase. Mademoiselle Georgette se leva, les yeux brillants, les narines gonflées.

— Me dire cela, à moi, s'écria-t-elle, ah ! c'est trop fort ! — Le dépit lui coupa la parole, et, usant de la suprême ressource des femmes qu'on pousse à bout, elle se mit à fondre en larmes.

Madame Grandfief, qui n'avait pas cessé d'être aux aguets derrière la porte, parut brusquement sur le seuil du salon. — Monsieur, s'écria-t-elle, votre conduite est indigne... Je regrette amèrement de vous avoir ouvert ma maison...

— Madame, dit Gérard en prenant son chapeau et en s'inclinant, je ferai en sorte à l'a-

venir de ne plus vous donner l'ennui de pareils
regrets.

Il sortit, encore tout échauffé par cette algarade, aspira non sans un certain plaisir l'air
tiède du dehors, et marcha rapidement dans la
direction de la ville haute.

Tandis que Gérard exécutait son coup d'État
à Salvanches, Francelin Finoël, qui ne pouvait
tenir en place dans son bureau, avait résolu de
faire une visite au logis Laheyrard. Il n'avait
encore que de vagues détails sur le bal Grandfief, car Reine Lecomte n'était pas rentrée chez
sa tante depuis la soirée ; on l'avait retenue à
Salvanches pour aider à remettre tout en ordre,
et elle y couchait. Tout en montant à la ville
haute, le petit bossu semblait rouler dans sa
tête de grands projets ; sa figure expressive,
plus pâle que d'habitude, et sa démarche pré-
cipitée trahissaient une anxiété fiévreuse.
Avant de franchir le seuil de la maison, il
s'arrêta sur les marches de l'escalier et essuya
des gouttes de sueur qui humectaient son front.
Un spectacle fait pour calmer ses nerfs agités
l'attendait dans le jardin, où toute la famille
était réunie à l'ombre du grand mûrier. — Sur
un réchaud fumait une bassine en cuivre
rouge pleine de sirop bouillonnant ; des mira-

belles aux couleurs d'or étaient amoncelées
dans des corbeilles, et madame Laheyrard,
après les avoir délicatement débarrassées de
leurs noyaux, les disposait une à une dans de
grands plats de faïence, d'où s'exhalait une
odeur appétissante de fruits mûrs et meurtris.
A droite et à gauche, Tonton et le Benjamin, la
figure barbouillée de confitures, surveillaient
ces apprêts avec des mines gourmandes et de
longs éclats de rire. Hélène, ornée d'un tablier
blanc à bavette, les bras retroussés jusqu'au
coude, se tenait debout devant la bassine et en
agitait le contenu avec une longue spatule,
qu'elle soulevait de temps en temps pour faire
briller au soleil les gouttes perlées du sirop.
Dès qu'elle aperçut Finoël : — Venez ! lui
cria-t-elle, vous assisterez au grand œuvre des
confitures ; qu'on dise encore que je ne suis
pas femme de ménage? Avez-vous jamais vu
une ménagère plus affairée que moi?

Elle était très animée ; la chaleur du réchaud
teignait d'une jolie nuance rose ses joues et son
front ; ses yeux riaient et tous ses traits expri-
maient une profonde joie intérieure. Francelin
jeta un regard mécontent sur le groupe formé
par les enfants et madame Laheyrard ; il avait
compté trouver Hélène dans son atelier et son

désappointement se trahissait par son redoublement d'inquiétude nerveuse. Il allait et venait autour du réchaud sans répondre aux interpellations espiègles des enfants, et regardait avec un pli amer des lèvres la silhouette étrange de sa petite ombre sur le sable de l'allée.

— Vous êtes-vous amusée au bal? dit-il enfin à Hélène.

— A merveille! répondit la jeune fille en versant toute une jatte de fruits dans le sirop bouillant, et en agitant la confiture avec sa longue spatule. — L'air se remplit d'une suave et savoureuse odeur de prunes, que les enfants aspirèrent à narines grandes ouvertes. — Comme cela sent bon! s'écria-t-elle, on mangerait l'air en tartine, tant il en est embaumé... A propos, je vous ai cherché l'autre soir chez madame Grandfief... Pourquoi n'y êtes-vous pas venu?

— Cela ne m'a pas été possible, répliqua Finoël en rougissant.

A Hélène seule, il n'aurait pas craint de dire la vérité, mais devant les enfants de madame Laheyrard son amour-propre souffrait d'avoir à faire un aveu humiliant. Il baissa les yeux et continua sa promenade d'un air embarrassé.

Sa réponse ambiguë n'en imposa pas à la jeune fille ; elle l'examina du coin de l'œil, vit sa rougeur et devina le vrai motif de son absence. Dès que la confiture fut cuite à point, elle déposa la bassine fumante sur les marches du perron et, faisant signe du doigt à Finoël :

— Venez à l'atelier, j'ai de la musique nouvelle à vous montrer.

Lorsqu'ils furent seuls, elle interrogea le jeune homme du regard : — Vous avez quelque chose à me dire ? commença-t-elle.

— Oui, murmura-t-il. — Il fit deux ou trois tours, puis reprit : — Je ne sais si vous vous rappelez notre conversation d'il y a quinze jours, ici même... Vous parliez de quitter Juvigny pour vous faire institutrice, et vous m'avez promis de ne rien arrêter sans me consulter... Êtes-vous toujours décidée à partir ?

— Je ne sais, répondit-elle en rougissant à son tour, je vous avoue que je n'y ai guère pensé... Auriez-vous entendu parler de quelque situation avantageuse ?

— Non, mais depuis quinze jours j'ai pris moi-même une grande résolution ; ma position est plus solide, mes appointements vont être augmentés, et j'ai songé à me marier. — Il s'arrêta devant les regards étonnés d'Hélène.

— Cela vous surprend, continua-t-il, et de vrai,
humble et fait comme je suis, mon idée peut
paraître étrange! Les jeunes filles de Juvigny,
qui jugent l'homme à l'enveloppe, riraient au
nez de celui qui leur adresserait une pareille
proposition. Aussi n'est-ce pas parmi elles que
je veux chercher une femme. La femme que
je rêve devra avoir un esprit moins superfi-
ciel; son regard intelligent devra percer mon
écorce déplaisante pour découvrir en dessous
les qualités sérieuses qui font l'homme vraiment fort. Je suis ambitieux, j'ai assez d'esprit
pour aspirer à une position élevée, et je possède la volonté nécessaire pour y arriver. Voilà
les garanties de bonheur que je pourrais offrir
à celle qui voudrait de moi.

A mesure qu'il parlait, Hélène, accoudée au
piano, ouvrait de grands yeux. Elle croyait
comprendre le sens voilé des paroles de Finoël,
et elle tremblait de lui laisser voir qu'elle
l'avait deviné. Son regard étonné exprimait à
la fois une inquiète appréhension et une douce
pitié. Finoël continua, les yeux baissés, en
poursuivant ses allées et venues dans l'atelier :

— Cette femme intelligente, au cœur tendre, à
l'esprit large et courageux, elle existe ; un hasard heureux m'a conduit près d'elle, et c'est

devant elle aujourd'hui que j'ouvre mon cœur.

Il s'arrêta en face d'Hélène, et, la regardant fixement : — Rougiriez-vous de moi pour mari, mademoiselle Hélène ?

Cette fois il n'avait parlé que trop clairement, et il fallait répondre. — Moi ! s'écria-t-elle avec effroi.

— Me suis-je trompé ? reprit-il avec une nuance d'amertume ; ne m'avez-vous pas fait un cordial accueil en dépit de mon humble naissance ? ne m'avez-vous pas confié vos rêves et vos peines comme à un ami ?

— Oui, comme à un camarade des heures de solitude et d'ennui.

— Comme à celui qui pourrait devenir le compagnon de toute votre vie ?

— De toute ma vie ? s'écria Hélène, non, je n'y ai jamais pensé.

Il se mordit les lèvres. — Mais, reprit-il avec une certaine âpreté, n'avez-vous jamais réfléchi du moins que ma pensée à moi pourrait s'égarer jusque-là ? Quand vous me parliez doucement, quand nous chantions ensemble, quand vous me serriez la main, n'avez-vous pas songé que cette familiarité pourrait éveiller en moi des espérances et me créer en quelque sorte des droits ?

— Des droits? dit-elle avec vivacité, vous vous êtes singulièrement mépris, monsieur, je ne vous aime pas !

Il resta muet en face d'elle, la contemplant avec de grands yeux pleins de reproches. Elle craignit d'avoir été trop dure, et reprit d'un ton plus calme : — Si mon étourderie et mes façons familières ont pu vous abuser au point de vous faire prendre pour de l'amour ce qui n'était qu'une affectueuse camaraderie, je le regrette du fond du cœur, et vous en demande pardon.

Elle avait réellement le cœur touché de compassion, et des larmes brillaient dans ses yeux ; mais Francelin Finoël était trop occupé de lui-même, son amour-propre était trop douloureusement blessé, pour qu'il pût comprendre l'accent sincère de la jeune fille. — Je ne me suis pas autant abusé que vous voulez bien le dire s'écria-t-il en élevant la voix ; seulement, depuis quinze jours quelque chose s'est passé qui a changé votre cœur et tourné ailleurs vos pensées. Je n'aurais pas à chercher bien loin pour découvrir tout ce mystère.

— Ah ! vous m'agacez à la fin, fit-elle irritée de l'obstination de Finoël ; je ne vous comprends pas, et je ne veux pas en entendre davantage !

Elle se dirigea vers la porte, mais le petit bossu s'était placé devant elle, et lui barrait le passage. — Vous m'entendrez jusqu'au bout pourtant, répliqua-t-il avec force en dardant sur elle ses regards pleins de colère, je ne suis pas dupe, et j'ai bien deviné que vous préfériez le nom de Seigneulles à celui de Finoël;... mais, si je me suis fait illusion, prenez garde de vous abuser cruellement à votre tour. Le beau Gérard vous compromettra, c'est tout ce que savent faire les gens de ce monde-là.

— Vous devenez insolent! s'écria Hélène. — Un bouillonnement de colère lui monta au visage; ses lèvres pâlirent, ses yeux étaient pleins de lueurs indignées. Elle saisit le chapeau que Finoël avait déposé sur un meuble, le lui jeta dans les mains, puis, faisant reculer le petit bossu devant ses regards chargés de mépris, elle ouvrit toute grande la porte du vestibule. — Adieu! murmura-t-elle d'une voix altérée; — et comme Finoël, effaré, restait immobile : — Sortez! répéta-t-elle en frappant du pied avec violence.

Il s'élança furieux hors de la maison, et, pour comble d'exaspération, se heurta contre son rival, qui traversait la rue du Tribel. Finoël lança de côté une œillade envenimée qui

fit éprouver à Gérard une sensation de malaise
analogue à celle que cause, dit-on, le magné-
tique et froid regard du crotale. La pluie commençait à tomber ; le bossu ôta son chapeau et
savoura longuement la fraîcheur des gouttes
d'eau sur son crâne brûlant. Il rentra dans sa
pauvre chambre de garçon, s'accouda sur la
table, et put enfin donner pleine liberté à l'expansion de sa rage et de sa haine. Ses traits
maladifs se contractèrent, et dans ses doigts
crispés il tordit les mèches de ses cheveux
noirs. — Ainsi, pendant cette semaine maudite,
son amour-propre avait été deux fois blessé au
vif : par le refus d'une invitation à Salvanches
et par les dédains d'Hélène. Deux chocs dou-
loureux l'avaient coup sur coup fait rouler
jusqu'au bas de cette montée que son ambi-
tieuse volonté était occupée à gravir péniblement. Tout était à recommencer, et il se sentait
pris d'un fiévreux découragement. Au dedans
de lui grondait un orage de rancune et de dépit, et, comme un écho à son désespoir, au
dehors, dans le jardin du vieux collège, la
pluie ruisselait parmi les arbres et sanglotait
en débordant des chéneaux du toit. Au milieu
de la confusion de ses pensées amères, il entrevoyait, pareille à la vision d'un paradis perdu,

la blonde et séduisante image d'Hélène, et près
d'elle la triomphante figure de Seigneulles. Sa
rage redoubla. — Oh ! je me vengerai, s'écria-
t-il en frappant la table du poing, je me vengerai !

Un léger bruit lui fit tourner la tête, il aperçut derrière lui Reine Lecomte. La couturière
revenait de Salvanches, et la démangeaison de
conter tout ce qu'elle savait l'avait poussée à
entrer chez Finoël. En entendant son exclamation et en voyant ses traits bouleversés, la
petite Reine supposa qu'il connaissait déjà les
détails de la soirée, et elle prit une mine de
condoléance.

— Eh bien ! fit-elle, mon pauvre Francelin,
n'avais-je pas raison quand je vous disais de
vous défier de cette Parisienne ? Vous savez ce
qui s'est passé au bal ?

— Quoi ? que s'est-il passé ? s'écria Finoël
en la regardant avec colère.

— Vraiment, vous ne savez rien ?... C'est le
bruit de la ville... Mademoiselle Laheyrard et
M. de Seigneulles ne se sont pas quittés de la
soirée, et je les ai vus, de mes propres yeux,
se serrer tendrement les mains.

— Elle lui raconta la scène du billard en
l'amplifiant. — Tout le monde l'a remarqué

comme moi, ajouta-t-elle, et je suis certaine que le mariage de mademoiselle Grandfief est tombé dans l'eau... On s'est moqué de vous, Francelin, et vous serviez tout simplement de tapisserie pour cacher le jeu des deux amoureux.

Finoël se mordait les lèvres, et ses yeux jaunes lançaient des éclairs.

— Mais patience, continua la petite Reine, le père Seigneulles n'est pas commode; il fera beau bruit quand il apprendra la nouvelle, et la Parisienne n'est pas au bout de ses peines!

— Croyez-vous qu'il empêchera son fils de l'épouser ?

— J'en suis sûre, et si vous vouliez m'écouter... Tenez, Francelin, je suis bonne fille, moi, et je ne vous garde pas rancune de vos duretés; faisons la paix.

Elle avança la main, et, moitié de gré, moitié de force, se saisit des longs doigts maigres de Finoël, qui la regardait d'un œil interrogateur et anxieux. Redevenons bons amis, dit la couturière en lui serrant la main, et je vous aiderai à vous venger.

X

En rentrant au logis, Gérard apprit par Manette que le chevalier venait de partir pour la
Grange-Allard. M. de Seigneulles avait là, à
deux lieues de Juvigny au milieu de la forêt
du Grand-Juré, une belle ferme qu'il chérissait
et soignait comme la prunelle de ses yeux. Il
s'y installait souvent pendant des semaines
entières, logeant dans un galetas à peine meublé, mangeant avec ses fermiers et ne dédai-
gnant pas de pousser lui-même la charrue ou
de brandir le fléau. Cette fois il était allé y sur-
veiller le battage de son blé, et il comptait y
passer huit jours. En recevant cette communi-
cation, Gérard éprouva un soulagement sensible. Sa rupture avec les Grandfief avait
épuisé son courage, et il n'était pas fâché de

jouir d'un répit d'une semaine avant de soutenir l'assaut de la colère paternelle. Dès qu'il eut dîné, il se rendit chez Hélène qu'il trouva seule dans l'atelier.

Encore émue de la visite de Francelin Finoël, elle serra silencieusement la main de Gérard.

— Je suis allé tantôt à Salvanches, commença-t-il, et j'y ai parlé comme je devais le faire. Maintenant la situation est très nette et je ne remettrai plus les pieds chez les Grandfief. Mon cœur est libre, Hélène, et vous appartient tout entier.

Elle mit un doigt sur ses lèvres. — Chut ! fit-elle avec un sourire, et qu'avez-vous dit à votre père ?

— Rien encore, répondit-il un peu embarrassé ; il est parti ce soir pour la Grange-Allard, mais il saura tout dès son retour.

Il y eut un moment de silence, pendant lequel un léger nuage passa sur le front de la jeune fille.

— Il me semble, reprit-elle, que vous avez commencé par la fin ; c'était à M. de Seigneulles qu'il fallait parler tout d'abord.

— Ne me faites pas de reproches, répliqua-t-il d'un air suppliant qui la désarma ; cette après-midi passée à Salvanches m'a mis les nerfs

9

dans un piteux état... Jouez-moi un peu de
Mozart pour les calmer.

Elle s'assit au piano et commença une sonate.
Gérard s'était placé près d'elle et savourait le
bonheur de la contempler à la lueur tremblante
des bougies que le vent du jardin faisait va-
ciller. Il suivait l'ondulation des boucles
blondes sur le corsage de toile écrue, le mouvement des longs cils bruns alternativement
levés ou baissés, la ligne spirituelle du profil,
le va-et-vient des mains blanches sur le clavier.
Le murmure de la pluie sur les feuillages du
jardin faisait comme une basse berceuse au
chant clair du piano. L'angle où ils étaient assis
se trouvait seul éclairé ; le reste de l'atelier
était plongé dans une mystérieuse pénombre
qui ajoutait au charme du tête-à-tête et en
doublait l'intimité. Ils passèrent ainsi tendrement deux bonnes heures sans presque se
parler. Tous deux écoutaient l'amour nouveau
chanter dans leur cœur, et cette magique
chanson intérieure, s'unissant si bien à la
suave musique de Mozart, suffisait à les occuper.
Pour Gérard, cet amour si miraculeusement
éclos était un enchantement de toutes les minutes. Il avait été si longtemps sevré de tendresse et si longtemps tourmenté de désirs

confus ! La passion avait envahi tout en lui :
le corps et l'esprit, le cœur et le cerveau.
C'était une fermentation tumultueuse, pareille à celle du moût dans la cuve, ayant
plus de mousse que de liqueur, plus de bouillonnements que de force. Il aimait Hélène avec
la fougue de ses vingt-trois ans, adorant tout
en elle : le caprice de ses cheveux d'or on-
doyants et les espiègleries de son esprit fan-
tasque, la grâce câline de ses façons et les ser-
pentines inflexions de son cou délicat, le sourire de ses lèvres aux coins retroussés, le
charme profond de ses yeux bruns et la bonté
de son cœur.

Hélène, à son tour, se sentait entraînée vers
lui par la secrète influence qui attire l'un vers
l'autre les éléments opposés. A cette fille de
Paris, née dans un milieu sceptique, élégant et
frivole, Gérard plaisait par toutes les qualités
qui sont les contraires de la civilisation parisienne : la foi robuste, l'étonnement naïf et
cette fraîcheur d'enthousiasme qui est à l'esprit
ce que la fleur est sur le fruit. Par une grâce
d'état, due peut-être à la mystérieuse influence
du sang et de la race, le jeune homme, dans le
monde bourgeois de sa petite ville, avait gardé
toutes les élégances du gentilhomme, toutes les

délicatesses d'une intelligence élevée. Aussi, dès
qu'il avait parlé, Hélène l'avait aimé comme
elle savait aimer, avec la promptitude d'une
nature primesautière, avec la hardiesse d'un
cœur pur et ardent.

Pendant huit jours, ils goûtèrent un bonheur
qu'aucun nuage n'assombrit. Ils avaient oublié
le reste du monde, et leurs pieds ne touchaient
plus à terre. Tout entiers à la joie de s'aimer,
ils commettaient de ces terribles étourderies
qui sont innocentes en elles-mêmes, mais que
la société d'une petite ville ne pardonne pas.
Accompagnés des deux enfants, ils sortaient
par la porte des vignes et s'en allaient à travers
les friches à la recherche d'un motif de paysage.
Quand ils avaient trouvé un site disposé à souhait, Hélène ouvrait sa boîte à couleurs, prépa-
rait sa toile et se mettait à peindre, tandis que
Gérard lui faisait la lecture. Madame Laheyrard, qui voyait déjà sa fille mariée au jeune
Seigneulles, ne contrariait en rien leurs courses
aventureuses.

Elle n'avait jamais exercé sur Hélène une
surveillance bien scrupuleuse, et la perspective
d'un noble mariage enivrait trop sa vanité pour
qu'elle songeât à jouer le rôle de mentor. Elle
nourrissait les plus ambitieuses espérances et

bâtissait sur cette future union des échafau-
dages de châteaux en Espagne. Elle en perdait
presque le peu de cervelle qu'elle eût jamais
possédé, et, avec son intempérance de langue
ordinaire, elle ne se gênait guère chez les fournisseurs et les commères du voisinage pour
hasarder de transparentes allusions à l'époque
peu éloignée où Hélène s'appellerait madame
de Seigneulles. Les imprudences des jeunes
gens et les maladresses de madame Laheyrard
étaient commentées et enjolivées avec cette aimable charité qui fait le fonds de l'espèce humaine en général, et de l'espèce humaine des
petites villes en particulier. Au bout de quelques jours, il n'y eut pas une maison où l'on ne
se contât à l'oreille l'histoire des amours d'Hélène et de Gérard. La nouvelle fit le tour de
Juvigny; serpentant le long des masures de la
côte de l'Horloge, circulant dans les rues silencieuses de la ville haute, puis redescendant à
travers les jardins de Polval, pour aller se
perdre au fond des lavoirs et des buanderies
de l'Ornain. Les seuls intéressés ignoraient les
rumeurs qui agitaient la ville. Les amoureux
vivent dans une atmosphère étrange ; il se dé-
gage de leur tendresse un lumineux fluide qui
les trahit, mais qui les isole en même temps et

les rend pareils à cet oiseau des gaves (1) qui
nage enveloppé de globules d'air et se meut
dans l'eau des torrents comme un plongeur sous
sa cloche. Hélène et Gérard ne sortirent de leur
extase que lorsque le retour du chevalier de
Seigneulles fut annoncé.

— Mon père arrivera demain dans la matinée,
dit un soir Gérard, et dès demain je lui parlerai.

— Je penserai à vous, bien fort, tandis que
vous serez sur la sellette, répondit Hélène ; —
elle essayait de sourire, mais elle tremblait intérieurement à la pensée que sa destinée était
tout entière entre les mains du terrible chevalier ; — vous reviendrez nous voir à la brune,
et vous me conterez tout.

Le lendemain en effet, M. de Seigneulles,
après un frugal déjeuner à la Grange-Allard, fit
seller Bruno et s'en revint allègrement à travers les bois du Juré. Le chevalier était fort satisfait ; toute sa récolte était battue ou engran-
gée, ses regains poussaient dru, et les raisins,
qui commençaient à noircir, promettaient une
belle vendange. Tout en chevauchant le long
des tranchées, il se disait que les amours de

(1) Le cincle ou merle d'eau.

Gérard et de mademoiselle Grandfief devaient
être maintenant en aussi bon point que ses
vignes, et il projetait de faire le mariage avant
la Toussaint. Dès qu'il eut confié Bruno à Baptiste, il entra dans la cuisine, où Manette lui
remit deux lettres apportées la veille par le
facteur. La première était une très laconique
épître de madame Grandfief. La mère de Georgette prévenait sèchement le chevalier qu'elle
lui rendait sa parole et renonçait à une alliance
pour laquelle Gérard et sa fille avaient aussi
peu de goût l'un que l'autre. La seconde lettre,
écrite par une main inconnue et non signée,
était conçue en ces termes :

« Des amis charitables considèrent comme
un devoir d'avertir M. de Seigneulles des assi-
duités compromettantes de son fils auprès de
mademoiselle Laheyrard. On sait que les jeunes
gentilshommes de ce temps-ci aiment à conter
fleurette aux filles sans dot... *Ce sont là jeux de
princes ;* mais, si M. de Seigneulles n'est pas
devenu complètement aveugle, il mettra ordre
à des fréquentations qui scandalisent la ville et
donnent une triste opinion des mœurs de la
jeunesse *bien pensante.* »

L'ancien garde du corps lâcha un juron qui
fit trembler les vitres de la cuisine. — Où est

mon fils? cria-t-il. — Gérard était sorti après
son déjeuner, et Manette pensait qu'il était allé
sans doute au-devant de monsieur le chevalier.
Sans écouter davantage les verbeuses explica-
tions de la servante, M. de Seigneulles, encore
tout guêtré et tout poudreux, courut au logis
de l'abbé Volland. Il trouva le curé sous ses
charmilles, marchant d'un pas de cérémonie
et lisant son bréviaire. — Savez-vous ce qui
m'arrive? commença-t-il en barrant le chemin
à l'abbé.

Celui-ci regarda par-dessus ses lunettes les
yeux étincelants du chevalier, sa toilette en
désordre, son nez d'aigle pincé par la colère.
— Le feu a pris à la Grange-Allard? demanda-
t-il à son tour.

— Sangrebleu! Il s'agit bien de cela!... Le
mariage de Gérard est rompu.

Le curé essuyait les verres de ses lunettes
avec une ferveur toute particulière.

— Ce n'est pas tout! poursuivit le chevalier
fumant d'indignation, monsieur mon fils s'est
laissé enjôler par les Laheyrard, qui l'ont
attiré chez eux, et il s'est sottement amouraché
de la fille, qui est une écervelée...

L'abbé Volland donna une chiquenaude à
d'imperceptibles duvets égarés sur sa manche.

— Oui, dit-il avec un soupir, j'avais déjà eu
vent de cette fâcheuse affaire, et j'ai certainement l'intention d'en parler à madame Laheyrard ; mais il faut agir discrètement et avec
cette sage circonspection qui prévient le scandale.

— Peste soit de la circonspection ! grogna
M. de Seigneulles, faut-il mettre des mitaines
pour rabrouer deux aventurières qui portent
le désordre dans les familles ?... Où allons-
nous, et pourquoi ne sommes-nous plus au
temps où, avec une bonne lettre de cachet, on
fourrait les fils désobéissants dans un donjon
et les filles légères derrière les grilles d'un
couvent ?... Mais je saurai me défendre, moi et
les miens, et je vais de ce pas laver la tête à
ces péronnelles...

— Bonté divine ! s'écria l'abbé, ne faites pas
d'esclandre, mon ami !... Hélène est ma filleule ;
laissez-moi mener cette affaire et morigéner la
jeune fille... je vous promets de voir ces dames
aujourd'hui, dès que j'aurai fini mon bréviaire. -

M. de Seigneulles baissa la tête. Au fond, il
n'était pas fâché que le curé se chargeât de la
démarche. — Soit, fit-il, vous parlerez sans
colère, et cela n'en vaudra que mieux. Dites
bien à ces... personnes que je leur défends de

recevoir Gérard, et que, si mon fils insiste, elles aient à lui fermer la porte au nez... Du reste, je vais voir ce jeune merle, et je saurai lui rabattre le caquet.

XI

M. de Seigneulles quitta brusquement l'abbé,
rentra chez lui, et, montant dans sa chambre,
se mit à la fenêtre, moins pour dissiper les
fumées de son courroux que pour ruminer à
l'aise la mercuriale destinée au coupable. La
fenêtre donnait sur les jardins, et le long des
charmilles de la maison voisine le chevalier de
Seigneulles aperçut une jeune fille dans la
pleine fleur de beauté de ses dix-huit ans. A
ses boucles blondes flottantes, il reconnut
mademoiselle Laheyrard. — Voilà, pensa-t-il,
la dangereuse créature qui a *embobeliné* Gérard !
— Hélène allait et venait entre les bordures de
buis, inclinant le cou pour respirer une rose
ou se baissant pour cueillir un brin de réséda.
En dépit de sa colère, le vieux monsieur de

Seigneulles subit le charme de cette grâce et
de cette beauté. Il suivit du regard les souples
mouvements de la jeune fille et la vit se retourner légèrement, puis s'élancer au-devant
de M. Laheyrard, qui descendait l'allée, le nez
plongé dans un livre. D'un geste espiègle, elle
s'empara du volume qui absorbait l'attention
du vieux savant et le cacha dans sa poche.
Alors, posant les mains sur les épaules de son
père, elle lui mit deux bons baisers sur les
joues, prit son bras et marcha gaiement à son
côté, lui faisant admirer les fleurs, causant avec
animation et amenant de paisibles sourires sur
le grave visage du vieillard. Le père et la fille,
semblaient s'aimer passionnément. Rien qu'à
la façon dont ils se donnaient le bras, on sentait
une affection chaude et tendre. Ces démonstrations câlines, cet échange de douce familiarité,
firent pousser un soupir à M. de Seigneulles. Il
n'était pas gâté sous ce rapport, ayant toujours
inspiré plus de crainte que d'amour. Il ne put
s'empêcher d'envier les marques d'affection
que cette jeune fille prodiguait à son père. Oh!
s'il avait eu, lui, une bru de son choix, une bru
aimante et caressante, comme il l'aurait gâtée
et choyée à son tour!... Cette tendresse filiale
finissait par remuer en lui je ne sais quelles

fibres endormies ; mais le chevalier ne voulait pas se laisser amollir, et il referma brusquement la fenêtre. Au même moment, Gérard entra, un peu pâle, mais faisant bonne contenance.

— Ah! vous voici enfin, monsieur, s'écria M. de Seigneulles, dont le courroux se ralluma, j'en ai appris de belles!... Veuillez m'expliquer votre conduite envers madame Grandfief et cette inconvenante rupture à laquelle j'étais loin de m'attendre.

— Je comptais vous en instruire moi-même, et je regrette d'avoir été prévenu, dit Gérard en baissant les yeux sous le regard irrité de son père ; j'ai cessé mes visites à Salvanches, parce que je n'aime pas mademoiselle Grandfief.

— Ouais!... Et parce que votre cœur est pris ailleurs, n'est-ce pas? Je sais d'avance toutes les sottises que vous allez me débiter ; mais, puisque vous aviez cette lubie en tête, pourquoi vous être rendu hypocritement à Salvanches, au risque de me faire jouer un rôle de Cassandre auprès d'une famille honorable ?

— Pardon, mon père, quand je vous ai suivi chez madame Grandfief, j'avais le cœur libre ; j'ai cru agir honnêtement en me dégageant dès que j'ai senti que j'aimais une autre personne.

— Oui, une intrigante qui vous a pris comme un oiseau à la pipée... Et maintenant que comptez-vous faire ?

— Epouser mademoiselle Laheyrard après avoir obtenu votre consentement.

— Rien que cela !.. Et si je refuse ?

— J'attendrai.

— Vous attendrez... quoi? s'écria M. de Seigneulles furieux, vos vingt-cinq ans, n'est-ce pas ? afin de me faire les sommations légales... Ah ça? mais est-ce que je rêve ? Il n'y a donc plus ni religion, ni famille, ni autorité?... Des sommations à moi! Avez-vous perdu la tête ou la gangrène révolutionnaire vous a-t-elle empoisonné au point de vous enlever tout respect de vous-même et des autres?

Gérard osa pour la première fois regarder son père en face, et d'une voix très ferme : — J'ai dit que j'attendrais, mon père, parce que je sais que vous êtes juste... En voyant ma patience et ma respectueuse persistance, vous jugerez qu'il s'agit d'une affection sérieuse, et vous ne voudrez pas faire souffrir deux cœurs qui ne demandent qu'à vous aimer.

— Phrases de roman, que tout cela! Non, monsieur, vous ne mettrez pas ma patience à l'épreuve, et vous ne me ferez pas consentir à un sot mariage. Si mes façons ne vous plaisent pas, vous quitterez ma maison sur l'heure ; je vous compterai votre légitime, et vous irez loin de chez moi vivre comme l'enfant prodigue...

Le chevalier s'arrêta au beau milieu de sa harangue. Le naturel du propriétaire et la prudence du Lorrain reparurent. Il craignit d'être pris au mot et d'avoir l'humiliation de rendre des comptes à son fils. — Morbleu ! s'écria-t-il, si vous en veniez à cette extrémité, vous emporteriez avec vous ma solennelle malédiction !

Gérard était devenu très pâle et ne desserrait pas les lèvres. — Je vous donne un mois pour réfléchir, se hâta d'ajouter le chevalier ; mais, comme je n'aime pas le scandale, vous irez faire vos réflexions ailleurs qu'à Juvigny. — Il ouvrit violemment la fenêtre et cria : — Baptiste, attelle Bruno à la carriole ! Puis revenant vers son fils : — Baptiste va vous conduire tout à l'heure à la Grange-Allard. Vous me ferez le plaisir d'y passer quelques semaines ; cela vous rafraîchira les idées.

A la seule pensée de partir sans revoir Hélène, qui l'attendait, Gérard eut un soubresaut de révolte ; ses yeux brillèrent pleins de

larmes et d'éclairs indignés, mais il n'avait
pas en vain passé six ans chez les jésuites de
Metz. Il y avait respiré une atmosphère im-
prégnée de discrètes réserves et de silencieuses
capitulations ; il y avait pris involontairement
l'habitude d'une soumission où le corps avait
plus de part que l'esprit. — C'est bien, monsieur, dit-il en s'inclinant, j'obéirai.

— Allez vous préparer, reprit l'inflexible
chevalier, vous partirez dans une demi-heure.

En effet, une demi-heure après, Bruno,
fouetté vigoureusement par le taciturne Baptiste, emmenait au trot la carriole sur la route
de la Grange-Allard ; mais quand on fut en
plein bois du Juré, Gérard mit brusquement
la main sur les rênes, arrêta net la voiture, et,
sautant sur la route : — Tu vas, dit-il au domestique, poursuivre jusqu'à la ferme ; moi,
j'ai affaire à Juvigny, et j'y retourne.

— Monsieur Gérard, s'écria Baptiste épouvanté, ce n'est pas une chose à faire !... Vous
serez cause que M. le chevalier me renverra.

— Mon père n'en saura rien, et je te promets
d'être à la ferme avant minuit .. Va ! s'écria
impérieusement le jeune homme.

Là-dessus il tourna lentement les talons et
entra sous bois, laissant l'équipage paternel

trottiner mélancoliquement dans la direction de la Grange-Allard. Il lui tardait de revoir Hélène pour lui expliquer de son mieux les tristes incidents de la journée et lui jurer que rien ne pourrait changer son cœur. Il erra dans les fourrés jusqu'à la brune; mais, dès que le crépuscule eut obscurci les vignobles de Juvigny, il descendit rapidement vers Polval et pénétra chez les Laheyrard par la porte des vignes. Une lumière qui brillait aux vitres du rez-de-chaussée lui redonna du courage, et il se faufila discrètement derrière les charmilles.

Dans l'atelier, près de la lampe dont le modeste abat-jour laissait dans l'ombre ses yeux rougis et sa mine attristée, Hélène était assise, les deux mains dans les cheveux et les coudes sur la table. Elle n'était pas seule; madame Laheyrard allait et venait à travers la pièce; sa pantomime animée et l'accent irrité de ses paroles indiquaient assez que ses nerfs venaient d'être agacés par quelque histoire désagréable. — Comprend-on pareille chose? murmurait-elle, et m'envoyer dire cela par l'abbé Volland! Comme si je ne savais pas garder ma fille. Oh! les sottes gens et la maudite ville!...

Sur ces entrefaites, Gérard parut dans l'em-

brasure de la porte-fenêtre restée ouverte.
Hélène étouffa un cri de surprise : quant à
madame Laheyrard, son indignation redoubla.
D'un air de dignité affectée et avec un dépit
mal contenu, elle s'avança vers le jeune
homme, qui balbutiait des excuses embarrassées. — Monsieur de Seigneulles, dit-elle,
quand vous viendrez chez moi, vous voudrez
bien y entrer par la porte de la rue, comme
tout le monde, ou plutôt vous me ferez plaisir
de n'y rentrer jamais d'aucune façon. Je ne me
soucie pas que votre père m'accuse encore de
vous attirer dans ma maison... Et à ce propos
je suis bien aise de vous dire qu'on est un peu
trop présomptueux dans votre famille. Où votre
père a-t-il pris que je cherche à vous accaparer?
Qu'il garde son fils, je garderai ma fille. Je défends à Hélène de vous recevoir désormais.

Après avoir vainement essayé d'interrompre
ce flux de paroles, Gérard ouvrait la bouche
pour y répondre ; mais Hélène, d'un coup d'œil
plein de tendresse et de prière, lui fit signe de
s'éloigner. Gérard répondit à cet ordre par un
regard passionné, et ce fut tout. Il s'inclina
silencieusement et redescendit les marches du
perron, tandis que madame Laheyrard refer-
mait brusquement sur lui la porte vitrée.

XII

Gérard, abasourdi comme un homme à qui on vient d'asséner un coup violent sur le crâne, suivit machinalement la grande allée du jardin. Encore incapable de rassembler ses pensées, il éprouvait confusément la sensation d'un complet désastre. Arrivé à la porte des vignes, il aspira l'odeur des roses et des résédas épars dans les parterres de celle qu'il aimait, puis il descendit lentement la pente du vignoble et gravit le versant opposé. Quand il eut atteint le sommet de la colline, il s'appuya contre un *murger* de pierres moussues et contempla d'un air morne la rangée des vieux logis de la ville haute. Au loin, entre les arbres du verger, la lumière de l'atelier d'Hélène scintillait pareille à un mélancolique regard d'adieu. La gorge de Gérard se serra, ses yeux se mouillèrent, et un sanglot entr'ouvrit ses lèvres. C'était sa première grande douleur. Auprès de ce malheur imprévu, les chagrins de sa vie d'écolier, les ennuis de sa jeunesse solitaire, ne lui apparaissaient plus que comme de misérables piqûres d'épingle.

Dix heures sonnèrent. Il se rappela la promesse faite à Baptiste et s'enfuit dans la forêt. La nuit donne aux bois une physionomie plus originale et plus intime. Dans le jour, traversés de rayons, égayés par les chants des oiseaux ou l'éclat des voix humaines, ils semblent s'imprégner de la vie des autres ; à la nuit, ils sont livrés à eux-mêmes et vivent de leur vie propre. Sous leur ombre, mille bruits insaisissables pendant les heures lumineuses redeviennent perceptibles ; on y distingue le frisson des feuilles de tremble sans cesse agitées et nerveuses, le frôlement des fougères qui se redressent, le son mat d'un gland tombant sur la mousse, ou le faible sanglot d'une source microscopique filtrant goutte à goutte entre les racines. Tous ces murmures s'unissent pour former une harmonie grave et pénétrante. Ainsi, au milieu des ténèbres douloureuses qui enveloppaient le cœur de Gérard,

mille menues impressions, étouffées jusque-là
par le tumulte des joies de la semaine passée,
ressuscitaient pour ainsi dire et unissaient
leurs voix frêles. Il retrouvait dans sa mé-
moire les moindres mots d'Hélène, ses gestes
les plus insignifiants, les plus rapides varia-
tions de sa figure spirituelle et mobile. Le
bruissement du vent dans les pins lui rappe-
lait la musique du bal de Salvanches... Il
revit Hélène tournant lentement sous la lumière des lustres avec ses lèvres rieuses et sa
longue jupe traînante, puis s'asseyant au piano
et chantant de sa voix nette et bien timbrée
la chanson des *Ramiers*...

> Dans les chemins creux,
> Leur chanson vagabonde
> Semble la voix profonde
> Des printemps amoureux...

Hélas! cette nuit, dans les combes de la
forêt, ce n'était pas la voix amoureuse des ramiers qui résonnait ; seule, la plainte funèbre
de la *hulotte* s'élevait par intervalles comme
l'appel désespéré d'un enfant perdu. Cette
lamentation retentissante courait d'arbre en
arbre et allait mourir au loin dans les massifs.
Chaque fois qu'elle traversait la futaie, les

petits grillons tapis dans l'herbe faisaient soudain silence, et Gérard s'imaginait entendre la propre voix de son bonheur évanoui lui crier de loin : « Je ne reviendrai jamais plus, jamais plus ! » Il pressa le pas ; les ténèbres du bois l'oppressaient. Enfin il vit s'éclaircir les arbres, le taillis fut remplacé par des champs recouverts de chaumes ; des toits se détachèrent vaguement sur le ciel, et des aboiements sonores réveillèrent les échos de la forêt. — Est-ce vous, monsieur Gérard ? dit tout à coup une voix inquiète.

Il tressaillit et reconnut le taciturne Baptiste, planté en sentinelle devant l'écurie de la ferme.

— Monsieur le chevalier ne vous a pas vu au moins ? continua le bonhomme ; il va me *sabouler* d'importance, voilà trois heures que je devrais être en route... Bonsoir !

Gérard gagna sa chambre à tâtons et ne s'endormit qu'au petit jour. Il se réveilla vers dix heures sans savoir où il était, mais avec la confuse sensation d'un fardeau qui lui pesait sur le cœur. Il se frotta les yeux, reconnut la ferme et comprit enfin l'angoisse qui lui serrait la poitrine. Pendant cette première journée d'exil, les heures se traînèrent avec une lourdeur de plomb. Vers le soir, n'y tenant plus, il fit deux

lieues à travers bois pour contempler de loin
la flèche de Saint-Étienne et les arbres du
Pâquis, s'en revint harassé et se coucha sans
souper. Le lendemain, même manège. Dès le
matin, il boucla ses guêtres, et par des sentiers
de traverse gagna un plateau de vignes situé
en face des jardins de la ville haute. Il grimpa
sur un poirier sauvage, et armé d'une lorgnette, du haut de cet observatoire, il explora
le terrain. Au delà des pampres du plateau, une
bande d'ombre marquait l'emplacement de la
gorge de Polval, puis le terrain se relevait jusqu'aux talus verdoyants où s'étageaient les terrasses des jardins. On voyait au milieu des
arbres les vieilles maisons de la rue du Tribel
avec leurs treilles, leurs gloriettes enguirlan-
dées de clématite, leurs façades grises percées
de fenêtres à petits carreaux. On distinguait
les couleurs des massifs de dahlias et les ondulations des rideaux flottant aux croisées ouvertes. Gérard reconnut bien vite le logis de
l'inspecteur et ne le quitta plus des yeux. Il
était midi; la cloche de Saint-Étienne sonna
lentement l'*Angelus*, puis le bourdon de la
tour de l'horloge annonça l'heure du dîner aux
ouvriers des fabriques. Une forme blanche se
montra tout à coup sur le perron, près du

grand mûrier. Le cœur du jeune homme battit,
et la lorgnette trembla dans sa main. Bientôt
les enfants parurent, puis Marius Laheyrard ;
la blanche apparition descendit lentement les
marches du perron, les autres la suivirent, et
tous s'enfoncèrent derrière les arbres fruitiers.
Le visage de Gérard se rembrunit; mais il
n'avait pas eu le temps d'essuyer les verres de
la lorgnette, que déjà les quatre figures repa-
raissaient à la porte des vignes. C'était bien
Hélène; on voyait distinctement son chapeau
de paille aux rubans cerise, ainsi que la boîte
de couleurs portée par Marius, et les grands
filets à papillons brandis par les enfants. Plus
de doute, elle allait peindre dans la campagne.
Toute la bande prit le sentier des vignes et disparut de nouveau dans les profondeurs de
Polval.

Gérard était resté sur son arbre. Il attendait :
un pressentiment lui disait que tout n'était pas
fini. Au bout d'un bon quart d'heure, il vit
émerger au-dessus des pampres du plateau
d'abord les filets à papillons, puis le large
feutre de Marius, et enfin la claire robe de
toile écrue. Le groupe traversa les vignes en
biais pour gagner la forêt dans la direction
d'une combe très pittoresque, nommée dans le

pays le Fond d'Enfer. Gérard se souvint qu'Hélène avait souvent exprimé le désir de faire
une étude d'après un vieux hêtre patriarcal qui
ombrage le fond de la combe, et dont les
racines puissantes sont baignées par une
source. Il avait un trop violent désir de revoir
la jeune fille pour ne pas profiter de cette con-
jecture favorable. Se laissant glisser au pied de
l'arbre, il se dirigea vers la combe, lentement,
avec les minutieuses précautions d'un Mohican
qui ramperait en pleine forêt vierge.

Il ne s'était pas trompé, et mademoiselle
Laheyrard suivait en effet le sentier couvert qui
descend comme une rapide coulée de verdure
jusqu'au fond de la combe. Quand on fut arrivé
près de la source, Marius déposa la boîte de
couleurs et le pliant au pied du hêtre, puis,
s'essuyant le front : — Maintenant, dit-il, au
revoir, amusez-vous bien ; moi, je vais pousser
jusqu'à Savonnières pour y ruminer à mon
aise un sonnet en l'honneur de la Beauté non-
pareille qui a blessé mon cœur... Car, ajouta-
t-il en voyant un sourire poindre sur les lèvres
d'Hélène, moi aussi, je suis féru d'amour, moi
aussi je demande aux astres secourables d'a-
doucir la rigueur d'un père barbare et de faire
luire le jour qui rassemblera nos destinées...

Il s'éloigna en déclamant d'une voix retentissante ces vers de Théophile de Viau :

Ce jour sera filé de soie,
Le soleil partout où j'irai
Laissera quand je passerai
Des ombrages dessus ma voie ;
Les dieux, à mon sort complaisants,
Me combleront de leurs présents,
J'aurai tout mon soûl d'ambroisie...

Les enfants suivirent le cours du ruisseau en
pourchassant les grands *nacrés* et les *vulcains*
qui filaient, ailes étendues, sous les ramures
des hêtres. Après avoir trempé ses mains dans
la source et s'être décoiffée, Hélène se plaça
devant sa toile et prépara sa palette. Longtemps elle resta rêveuse : ses grands yeux
immobiles regardaient devant eux sans rien
voir. Pourtant le paysage était éclairé à souhait
pour un peintre. Large et profonde, la combe
évasait mollement ses flancs boisés où tous les
tons du feuillage, depuis le vert métallique des
chênes jusqu'au vert pâle des saules, se
mêlaient harmonieusement. En haut, sur un
ciel fin et pommelé, les grands arbres de la
bordure circulaire se détachaient du taillis où
leurs cimes arrondies formaient comme les
fleurons d'une vaste couronne verdoyante. Tout

un côté de l'entonnoir était plongé dans une ombre bleuâtre ; un seul rayon de soleil y descendait comme une vapeur argentée, et, à travers les frondaisons du gros hêtre, ce rayon faisait pleuvoir des milliers de gouttes lumineuses sur le sombre miroir de la source. Le côté opposé au contraire était largement ensoleillé : au delà d'un rideau de jeunes saules, on voyait étinceler en pleine lumière un coin de route tournante, un bout de pré et une rangée de peupliers frissonnants. Dans le silence de cette solitude, on n'entendait que les soupirs flûtés du ruisseau et les rires des enfants, qui s'éloignaient de plus en plus.

Hélène, son pinceau à la main, demeurait distraite, et sa physionomie, si spirituellement gaie lorsqu'elle s'animait, avait en ce moment un accent de tristesse morne. Tout en s'irritant contre l'image obsédante qui hantait sa pensée, elle ne songeait qu'à Gérard. Depuis le congé signifié si rudement à son amoureux, elle s'était adressé plus d'une sévère remontrance. Cent fois elle s'était juré d'oublier cette folle quinzaine et de redevenir une fille raisonnable. Elle avait beau se répéter que Gérard était trop jeune, et M. de Seigneulles trop orgueilleux pour qu'une pareille liaison fût jamais autre

chose qu'une amourette passagère, l'image de
son voisin ne la quittait pas ; au contraire, elle
s'imposait chaque jour plus despotiquement.
Pendant la nuit du bal, Hélène avait donné son
cœur, et elle sentait qu'il lui coûtait trop de le
reprendre... Elle poussa un petit soupir étouffé,
secoua ses longues boucles blondes ; ses yeux
assombris devinrent tout à coup brillants
comme l'eau de la source, et une larme roula
sur sa joue. Elle l'essuya avec un geste d'impatience, puis elle saisit sa palette et se mit résolument au travail.

Déjà elle avait indiqué sur la toile les valeurs
relatives de tous les tons du feuillage, quand
un fracas de branches écartées lui fit tourner la
tête. Elle jeta un cri et devint pâle ; Gérard
était près d'elle.

— Vous m'en voulez de vous avoir surprise?
murmura-t-il.

Elle secoua la tête, et un sourire courut de
ses lèvres à ses yeux humides. Le jeune
homme fit quelques pas, et vint se placer à ses
pieds. — Ne me grondez pas ! continua-t-il de
l'air d'un écolier pris en faute.

— Non, je ne vous gronderai pas, répondit-
elle ; d'ailleurs à quoi me servirait-il de mentir?
je pensais à vous.

— Bien vrai?

— J'étais si triste de vous avoir laissé partir l'autre soir sans un mot d'excuse et de consolation !... Il ne faut pas en vouloir à ma mère, le sermon de l'abbé Volland l'avait surexcitée, mais elle est bonne femme au fond, bien que sa langue tourne trop vite.

— Oh ! fit-il charmé, je ne lui en veux pas... Je ne souffrais que d'être condamné à ne plus vous voir.

— Maintenant que vous m'avez vue, vous allez vous sauver... Que dirait-on, si on vous surprenait ici ! Il y aurait de quoi faire tomber la tour de l'horloge à la renverse et rendre fou M. de Seigneulles.

— Vous savez, soupira Gérard, qu'il m'a exilé à la ferme.

Hélène ne put s'empêcher de rire. — Au pain sec !... Quel homme que votre père ! il me fait peur.

Gérard se taisait et ne bougeait pas. La jeune fille tourna la tête à demi vers la place où il était agenouillé. — Allons, dit-elle en lui tendant la main, adieu !

Il serra les doigts d'Hélène et les retint prisonniers dans les siens. Ils se regardèrent un moment, puis elle retira brusquement sa main. — Partez ! reprit-elle d'une voix moins ferme.

— Pas encore ! supplia-t-il, laissez-moi vous dire combien je vous aime !

Les yeux d'Hélène, devenus sérieux, plongèrent lentement dans les yeux bleus de Gérard.

— A mon tour, murmura-t-elle, je vous demanderai : — Est-ce bien vrai ? — Et, comme Gérard voulait se récrier, elle lui posa gentiment la main sur le bras. — Écoutez, poursuivit-elle, je ne ressemble pas à vos demoiselles de Juvigny, je n'ai pas appris dès le berceau à peser tous mes mots pour voir s'ils sont en règle avec les convenances. Je parle comme je pense et j'agis comme je parle, spontanément et sincèrement. Êtes-vous bien sûr au fond du cœur de m'aimer pour tout de bon ? Si vous me le répétez, je le croirai, mais ne me le redites pas à la légère. Plus tard, si vous vous étiez trompé, je souffrirais trop.

— Je vous aime, s'écria-t-il avec passion, et ma vie vous appartient !

Elle baissa la tête. — Apprenez-moi ce que vous êtes devenu depuis notre dernière soirée.

Gérard lui conta ses souffrances, tandis qu'elle donnait nerveusement de petits coups de pinceau sur sa toile ; il conta longuement ; il faisait si bon dans cette ombreuse solitude ! Les libellules brunes et bleues volaient sur les herbes aquatiques, les *reines des prés* embaumaient l'air, et les minutes passaient plus rapides que les libellules, plus douces à savourer que l'odeur des reines des prés. Tout en devisant, Gérard arrachait sur le bord de l'eau des menthes, des salicaires, des centaurées roses, et les jetait aux pieds d'Hélène.

— Eh bien ! ne vous gênez pas, jeunes gens ! cria une voix de stentor qui les fit tressaillir.

C'était Marius, qui apparut tout à coup entre les ramures de la saulaie, en riant comme un faune dans sa longue barbe blonde. Hélène ébaucha une moue boudeuse, et Gérard se leva rouge comme un coquelicot.

— Pourquoi rougissez-vous, jeune Daphnis ? continua le poète, me prenez-vous pour un cyclope jaloux ou pour un frère farouche ?... Je connais les peines d'amour et je sais y compatir... Je suis toujours du parti des amoureux persécutés contre les tuteurs et les pères.

— Marius, pas de folies ! s'écria Hélène impatientée.

— Par Smynthée Apollon ! reprit-il, je parle sérieusement... Gérard t'aime, son père le tyrannise et maman Laheyrard te défend de le voir... Je suis du côté des jeunes contre les ancêtres, et vous pouvez compter sur moi... Ami Gérard, vous êtes un galant homme, et vous avez l'intention d'épouser ma sœur ?

— C'est mon désir le plus ardent et mon unique préoccupation, répondit gravement Gérard.

— Eh bien ! topez là, s'écria Marius en lui tendant sa large main, nous mettrons ces vieilles gens à la raison, et avant peu nous chanterons : Hymen, ô hyménée !...

Hélène était devenue vermeille. — Il est tard, dit-elle, et il faut partir.

— Vous me permettrez de vous revoir ici, hasarda timidement Gérard.

— Je ne sais, murmura-t-elle hésitante, en regardant alternativement son frère et le jeune Seigneulles.

— Et pourquoi pas ? s'exclama impétueusement Marius, ne serai-je pas là, et cela n'est-il pas suffisant ?... Je voudrais bien voir que quelqu'un s'avisât de le trouver mauvais ?

Ils se serrèrent tous trois les mains, et Gérard s'en revint à la ferme avec le cœur en fête.

XIII

Depuis cette rencontre Hélène et Gérard se retrouvèrent plus d'une fois au Fond d'Enfer. Marius accompagnait régulièrement sa sœur ; mais, chaperon peu gênant, une fois qu'on était arrivé près de la source, il plantait là les deux amoureux pour battre les buissons ou faire une halte à l'auberge de Savonnières. Quand vint le 1er septembre, Marius renonça complètement à ce rôle de mentor pour courir la plaine en compagnie des chasseurs de Juvigny. Hélène et Gérard furent alors abandonnés à eux-mêmes, mais l'habitude était prise, et elle était trop douce pour qu'ils eussent le courage de la rompre. En dehors de leurs rendez-vous, le reste de la vie leur était indifférent. Hélène trouvait dans la franchise même de son amour

11

et dans la droiture de son cœur une encoura-
geante sérénité, qui lui faisait surmonter cette
terreur du qu'en dira-t-on, dont se compose
la moitié de la morale conventionnelle des
gens du monde. Elle n'entendait rien à ces capitulations prudentes, à ces habiletés sournoises
où excellent les habitants des petites villes,
toujours en garde les uns contre les autres. En
amour, la Parisienne, malgré son scepticisme
à fleur de peau et son apparente frivolité, agit
avec bien plus de naturel et d'ingénuité que la
provinciale. Hélène croyait à l'amour de Gérard ; en l'allant voir au Fond d'Enfer, elle savait qu'aux yeux du monde elle commettait
une imprudence ; dans sa conscience elle ne
se sentait pas coupable. Si on avait sondé les
cœurs des deux jeunes gens, on aurait certes
découvert plus de scrupules et de préjugés dans
l'esprit timide de Gérard que dans l'âme ferme
et chastement passionnée de la jeune fille.

Cependant l'automne s'avançait. Septembre
et les vacances avaient ramené un plaisir pour
lequel les bourgeois de Juvigny ont un goût
très vif : la *tendue* aux petits oiseaux. Dans ce
pays forestier, il n'est pas de propriétaire qui
ne façonne alors deux ou trois centaines de
reginglettes en brins de coudrier élastiques et

souples, et ne les aligne au long des sentiers
de son taillis. A ces engins viennent se prendre
à foison rouges-gorges, fauvettes, pinsons et
verdières, et les indigènes ont une joie féroce
à faire chaque matin la *tournée* afin de ramasser
les victimes. Les dames mêmes se mettent de
la partie. Ces tendues sont pour elles des pré-
textes à pique-niques et à sauteries en plein
air. Or il advint que, vers la fin de septembre,
un marchand de bois, dont les fils étaient liés
avec Marius, profita des vacances pour orga-
niser une partie de chasse qui devait se déterminer par un plantureux déjeuner dans la
forêt du Juré. Pour égayer la fête, quelques
dames devaient rejoindre leurs maris, et parmi
elles madame Grandfief, dont le débonnaire
époux était un enragé Nemrod. Naturellement
Marius figurait au nombre des invités ; on aimait son entrain et sa large gaieté. En dépit de
·ses excentriques façons et de sa manie de débiter ses sonnets au dessert, il passait pour un
aimable convive et il était de toutes les parties
de plaisir.

Ce jour-là, on s'était mis en route dès l'aube ;
pendant quatre heures, on avait battu les
friches : aussi le poète avait-il un appétit formidable quand on arriva, vers dix heures,

sous les arbres où la longue table était dressée.
Marius se trouva placé en face de madame
Grandfief. La mère de Georgette était venue
seule, ne se souciant pas d'exposer les chastes
oreilles de sa fille aux plaisanteries un peu
crues d'un déjeuner de chasseurs. Elle répondit
au salut de Marius par un froid signe de tête, et
prit un air si majestueux que le jeune Laheyrard se hâta de fuir ce regard hautain qui
lui coupait l'appétit. Ses yeux se dédomma-
gèrent en contemplant le spectacle réjouissant
de la table, où une appétissante collection de
jambonneaux, de pâtés et d'écrevisses s'étalait
entre deux rangées de verres et de bouteilles.
Quand on servit le gigot rôti à *la ficelle*, le cœur
du poète s'épanouit. Il avait pour voisins deux
chasseurs campagnards à la mine assez naïve
et aux manières toutes rondes. L'apparente
bonhomie de ces bourgeois paisibles séduisit
Marius, et il se promit d'égayer son déjeuner
en faisant *poser* les deux honnêtes philistins.
Dès qu'il vit dans son assiette une large tranche
succulente, il déboucha une bouteille, remplit
son verre et ceux de ses voisins. — Voyons ce
vin clairet, s'écria-t-il ; j'ai, comme dit Saint-
Amand, un de ces gosiers ardents que rien ne
désaltère ;

Le jour que je naquis, il dut pleuvoir du sel !

— Défiez-vous de notre petit vin de pays,
monsieur, répondit son voisin de droite, il a
l'air innocent, mais il est méchant au fond, et
capiteux en diable.

— Méchant? ce petit lait ! à d'autres ! repartit dédaigneusement Marius en vidant son
verre ; sachez, mon cher monsieur, que le
sang de la vigne ne suffit plus à troubler la
sérénité de mon cerveau. Il faut à mon ivresse
l'opium des Chinois, le haschich des Indiens
et le raki des Polynésiens.

— C'est différent ! dit l'autre avec son rire
niais, sous lequel le campagnard meusien dis-
simule ses finasseries et ses malices. — En
même temps, derrière le dos de Marius, il fit
au voisin de gauche un clignement d'yeux si-
gnificatif.

Le poète continuait à bavarder, tout en dé-
vorant son gigot et en buvant d'autant. —
Voyez-vous, reprit-il, deux ou trois verres de
vin peuvent déranger l'équilibre nerveux de
gens rassis occupés à de moutonnières beso-
gnes, mais les artistes, habitués aux orages de
la pensée, se rient de ces faciles ivresses... Nous
planons dans la tempête comme l'albatros.

— C'est-à-dire, ricana son interlocuteur, que, vous autres, vous vivez dans le vin comme le poisson dans l'eau.

— Bien parlé, honnête voisin! s'écria Marius; pour votre peine, versez-moi une rasade... Hardiment, à verre pleurant, et maintenant à votre santé!

Les longs éclats de rire des convives, le cliquetis des fourchettes et les fabuleux récits des chasseurs couvraient le bruit de cette conversation. Le poète, grisé par ses propres paroles, poussé par ses voisins, qui ne laissaient pas son verre vide, devenait plus loquace à mesure que le tumulte de la table grandissait. Les comparaisons bizarres, les images étranges, les invocations lyriques, débordaient de ses lèvres, mêlées à des souvenirs rabelaisiens. — Par Zeus! fit-il tout à coup, je crois que vous m'offrez la carafe! Foin de cette liqueur de grenouilles! Me prenez-vous pour un buveur d'eau comme mon noble ami Gérard de Seigneulles?

— M. Gérard? murmura le voisin de droite, je croyais le trouver ici; on ne le voit plus nulle part.

— Son père l'a mis en quarantaine à la Grange-Allard, répondit le voisin de gauche,

qui était notaire dans un village proche de la
ferme ; j'ai ouï dire que le jeune homme avait
le cœur trop inflammable, et M. de Seigneulles
l'a envoyé aux champs pour le calmer, comme
on descend le vin à la cave pour le rafraîchir.

— Ha ! ha ! fit Marius en éclatant de rire, le
bon billet qu'a La Châtre !

— Que voulez-vous dire, jeune homme, avec
votre billet ?

— Je dis, répliqua le poète, que l'amour se
rit des menaces des pères et des grilles des
donjons. On ne s'avise jamais de tout...

Le notaire cligna de nouveau de l'œil vers
ses voisins, comme pour leur indiquer qu'il
allait adroitement confesser le poète. — Eh
quoi ? reprit-il, prétendez-vous que le jeune
Seigneulles n'est pas à la Grange-Allard ?

— Il y est et il n'y est pas, répondit Marius
d'un air comiquement mystérieux. — Il aperçut tout à coup le regard froid de madame
Grandfief fixé sur lui, et retrouva au fond de
son cerveau un grain de bon sens. — Chut !
vous voudriez me faire jaser, compère ; mais
je suis discret comme la tombe... Je ne vous
dirai point dans quel coin verdoyant de la
forêt ce jeune Endymion va retrouver la Diane
de ses rêves... Buvons !

On avait débouché le champagne, et la liqueur mousseuse pétillait gaiement autour de la table. — A votre santé, jeune homme, repartit le notaire en trinquant avec Marius, et ne nous contez plus de pareilles bourdes. Il y a loin de la ferme à Juvigny, et, si amoureux qu'on soit, on ne fait pas trois lieues à l'allée et trois lieues au retour pour roucouler sous les fenêtres de sa Dulcinée.

— Qu'en savez-vous? riposta Marius, que la contradiction irritait; vous en parlez comme un conscrit... Rien n'est impossible aux amoureux. Les bois leur prêtent leurs solitudes feuillues, et le Fond d'Enfer a des hêtres assez épais pour que les propos d'amour ne puissent venir aux oreilles des bavards...

Il croyait parler à mi-voix; mais, comme tous les gens dont le vin délie la langue, il avait le verbe haut, et le bruit de ses paroles s'élevait au-dessus du diapason des conversations particulières. Madame Grandfief, droite sur sa chaise, tenait ses yeux d'agate fixés sur Marius Laheyrard et ne perdait pas un mot de ses discours.

— Vous croyez donc qu'ils se rencontrent au Fond d'Enfer? répéta insidieusement le notaire.

— Qui a parlé du Fond d'Enfer? balbutia
Marius ; ah ! notaire plus obstiné qu'une mule,
tu plaides le faux pour savoir le vrai ! mais je
n'ai rien dit et je ne dirai rien... Motus ! l'amitié
m'est sacrée... Je bois à la déesse Muta ! Je bois
au silence des forêts, à l'impassible et olym-
pienne poésie !...

A partir de ce moment, Marius n'eut plus
qu'une perception confuse des choses. A travers les brumes de l'ivresse, les yeux glauques
de madame Grandfief lui semblaient agir sur sa
raison comme le regard fixe d'un serpent qui
veut fasciner un oiseau. Quelqu'un se leva au
dessert pour chanter, et provoqua de formidables éclats de rire ; ce même quidam en quittant
sa place fit une chute très lourde sur le gazon, et
Marius eut la sensation vague que ce convive
incongru n'était autre que lui-même. Il répétait constamment : — Les jambes flageolent,
mais la tête est solide ! — Malgré sa résistance,
il se sentit soulevé par deux bras compatissants
et porté dans un tilbury qui se mit à rouler
vers Juvigny. Pendant le trajet, il crut remarquer qu'il faisait grand vent et que les arbres
le saluaient au passage. La voiture s'arrêta devant le logis de l'inspecteur et le poète, sou-
tenu par ces mêmes bras indulgents, fut hissé

jusqu'à sa chambre et couché tout habillé sur son lit de fer Autour de lui, les meubles tournoyaient avec une rapidité vertigineuse. Il ferma les yeux, et n'eut plus conscience de rien...

XIV

Tous les convives étaient si animés que la mésaventure de Marius passa presque inaperçue. On avait servi le café, et les têtes commençaient à s'échauffer. Les dames se levèrent et s'éparpillèrent sur la pelouse ; bientôt il ne resta plus autour de la table que de vieux chasseurs obstinés, fumant leur pipe et se criant aux oreilles leurs exploits avec cette expansion bruyante que produit un copieux déjeuner. Chacun subissait l'iufluence exhilarante de la bonne chère. Des jeunes gens avaient organisé des rondes sur la pelouse ; madame Grandfief elle-même, qui était restée d'abord pensive, semblait s'être tout à coup dégelée. Sa raideur s'était assouplie, sa bouche mince devenait souriante et ses yeux avaient une lueur de gaieté attendrie. Ce fut elle qui proposa le seul divertissement approprié à tous ces cerveaux excités, à toutes ces jambes impatientes. — Choisissons un but de promenade, dit-elle, et rendons-nous-y, faisant la *porte de Saint-Nicolas*.

La *porte de Saint-Nicolas* est un jeu bien connu en Lorraine. Les joueurs, se donnant la main forment une longue chaîne, dont chaque anneau est représenté alternativement par une dame et un cavalier; les deux meneurs qui se trouvent en tête élèvent leurs mains jointes de manière à former une sorte d'arceau. — La *porte de Saint-Nicolas* est-elle ouverte? crie en chœur le reste de la bande; et, sur une réponse affirmative, toute la file passe rapidement sous cette arche improvisée en chantant des airs de ronde. Les jeunes gens de l'extrémité se retrouvent en tête, forment une arche à leur tour, et la longue guirlande se dénoue et se renoue ainsi tant qu'elle a de l'espace devant elle.

La proposition de la femme du maître de forges fut acceptée avec enthousiasme, puis on discuta le but qu'on choisirait. Les uns indiquaient le *Hêtre de la Vierge*, d'autres l'*Ermitage de Saint-Roch*. — Non, dit Mme Grandfief

d'un ton de commandement, allons au Fond
d'Enfer, le chemin est bien plus joli.

Les mains s'unirent, les airs de ronde commençaient à bourdonner, et la longue file se
mit en mouvement. C'était charmant de voir
cette chaîne alerte et souple se dérouler, en suivant les sinuosités des tranchées, comme une
joyeuse farandole. Les bras s'agitaient, les pieds
se trémoussaient, les jupes flottantes frôlaient
doucement les fougères, les éclats de rire tin-
taient... Bientôt la file tout entière disparut
sous les feuillées.

L'après-midi s'avançait... Sous les êtres du
Fond d'Enfer, près de la source tremblotante,
Hélène et Gérard s'étaient rencontrés comme
d'habitude. Bien qu'elle eût apporté sa toile et
ses pinceaux, la jeune fille y touchait à peine ;
elle contemplait d'un air mélancolique le léger
tournoiement des premières feuilles tombantes qui descendaient mollement vers le
ruisseau.

— Vous êtes soucieuse, lui dit Gérard, à quoi
pensez-vous ?

— A nous, répondit-elle gravement.

— Et c'est ce qui vous attriste !... Ne sommes-
nous pas heureux ?

— Le serons-nous longtemps ? J'ai comme

un pressentiment qu'on nous soupçonne et qu'on nous épie. L'autre soir, après vous avoir quitté, j'ai rencontré cette couturière, la petite Reine, et à la façon dont elle m'a dévisagée j'ai cru qu'elle se doutait de quelque chose.

— Vous regrettez d'être venue ?...

— Non, reprit-elle vivement : si j'ai peur, ce n'est pas pour moi... Je pense à mon père, qui est si bon, et dont la position serait compromise, si la découverte de nos rendez-vous amenait un éclat.

— Vous avez raison, soupira Gérard, et je suis un égoïste — Il était devenu pensif à son tour. — Cette situation ne peut pas se prolonger, s'écria-t-il tout à coup avec emportement ; je vous aime, je suis maître de ma personne, et je ferai entendre raison à mon père...

Hélène ouvrit de grands yeux ; son regard demi-incrédule et demi-interrogateur avait l'air de dire : Comment vous y prendrez-vous !

— Je le supplierai de nouveau, continua Gérard, et s'il est inflexible, je le menacerai de quitter la maison.

La jeune fille secoua la tête, et un sourire erra sur ses lèvres. — Tel que vous me l'avez dépeint, il vous laissera partir, et après ?...

— J'attendrai mes vingt-cinq ans, et je lui ferai des sommations.

Hélène fronça les sourcils. — Ce sera moi alors qui refuserai, répondit-elle fièrement, je n'entrerai jamais dans une famille dont le chef m'aura repoussée.

Gérard eut un geste de découragement. Il pouvait à peine parler, tant le chagrin lui serrait la gorge. Hélène s'en aperçut et en fut touchée ; elle s'efforça de prendre un air gai, et, lui tendant la main : — Bah ! dit-elle, ne pensons plus aux choses tristes... A quoi bon perdre notre après-midi à nous tourmenter ? Regardez comme la combe devient belle à mesure que le soleil s'abaisse... Il fait bon ici ; je voudrais remplir mes yeux de tous les détails de ce paysage afin de ne l'oublier jamais !

Ses regards se promenèrent lentement sur les pentes boisées où l'ombre descendait par grandes masses, sur les ronciers pleins de mûres et les prés déjà fleuris de *veilleuses*. Pendant ce temps, la main de Gérard n'avait pas quitté la sienne ; ils restaient muets l'un près de l'autre, et autour d'eux régnait le calme assoupissant des derniers beaux jours. La nature en automne a des langueurs enivrantes, même pour les caractères les mieux trempés.

L'inexpérience de ces deux jeunes âmes, mal armées contre de pareilles séductions, ajoutait encore à la voluptueuse griserie de la tiède journée de septembre. Hélène et Gérard se sentaient amollis et entraînés ; les paumes de leurs mains semblaient se confondre et ne plus former qu'une même chair. Leurs yeux charmés échangeaient de longs regards si troublants que leurs lèvres en devenaient froides. Tout au loin, de perçants éclats de voix ou quelques lambeaux de chants confus troublaient seuls la paix de leur solitude ; mais à cette saison des vacances, ces rumeurs joyeuses au fond des bois étaient si naturelles que les deux amoureux n'y prenaient pas garde. Autour d'eux, la forêt se taisait, et dans ce silence un rouge-gorge modulait sa petite chanson caressante et voilée. Les yeux bruns d'Hélène attiraient Gérard comme un aimant ; déjà sa tête s'inclinait vers celle de la jeune fille, et sa bouche était prête à se poser pour la première fois sur les claires et magnétiques prunelles, quand une bruyante explosion de voix suspendit brusquement ce baiser sur ses lèvres surprises..., et soudain, du haut d'une tranchée, la longue chaîne de la *porte de Saint-Nicolas* dévala tumultueusement jusqu'au fond de la combe, madame Grandfief en tête.

Ce fut un coup de foudre. Les deux jeunes gens s'étaient à peine rendu compte de ce qui se passait que déjà la bande joyeuse s'éparpillait le long du ruisseau. Aux chants et aux éclats de rire succéda un silence solennel ; on avait reconnu les deux amoureux. Hélène, rouge de confusion, s'était penchée sur son esquisse ; Gérard s'était levé et se tenait près d'elle, pâle et les lèvres serrées. Les nouveaux venus, qui pour la plupart ne s'attendaient pas à pareille rencontre, paraissaient aussi embarrassés que ceux qu'ils venaient de surprendre ; madame Grandfief seule n'avait pas perdu son sang-froid. Elle passa devant le malheureux Gérard sans daigner le regarder, puis, s'adressant à la jeune fille d'un air poliment ironique :
— Nous vous dérangeons, mademoiselle ! murmura l'impitoyable matrone. Elle jeta un coup d'œil sur la toile à peine couverte de couleur, et continua : — C'est bien joli ce que vous faites là !

Sans plus s'inquiéter de l'attitude d'Hélène, elle se retourna vers ses compagnons : — Poursuivons notre promenade, dit-elle, et laissons mademoiselle Laheyrard à ses occupations.

Elle se dirigea vers un sentier qui s'enfonçait sous bois, et toute la file des dames et des jeunes

gens la suivit, non sans avoir lancé de malicieux
regards vers les deux coupables et sans s'être
montré du geste leurs mines décontenancées.
Dès que la bande fut masquée par le taillis, les
ricanements commencèrent à éclater, des conversations s'engagèrent, et le vent apporta jusqu'aux oreilles d'Hélène cette cruelle réplique
de madame Grandfief : — Bah ! c'est fort heureux pour elle ; la voilà compromise, et elle aura
un prétexte pour se faire épouser !

Peu à peu les branches cessèrent de frissonner, et le bruit des pas diminua ; les voix s'af-
faiblirent, et de nouveau le silence régna sur la
combe ; on n'entendait plus que les notes
claires du ruisseau et le gazouillis du rouge-
gorge, qui, un moment effarouché, avait repris
bravement sa chanson. Gérard osa alors regarder Hélène, qui était restée immobile, le front
dans ses mains. Il fut effrayé de l'expression
tragique de sa figure pâlie, et il laissa échapper
une douloureuse exclamation.

— Ah ! murmura la jeune fille, je crois que je
suis perdue !

Le jeune homme la contemplait d'un air
égaré et se tordait les mains. — C'est moi qui
vous perds ! s'écria-t-il, cette misérable femme
se venge sur vous de ce que j'ai refusé sa fille !

Il allait et venait le long du ruisseau, maudissant madame Grandfief, balbutiant des paroles incohérentes, et complètement démonté.

— Qu'allons-nous devenir? dit-il enfin, quel parti prendre? Demain la ville entière saura tout, et mon père ne me le pardonnera jamais !

Au milieu de ce désarroi, Hélène démêlait confusément que Gérard avait une peur effroyable du chevalier, et que cette terreur lui ôtait toute liberté de penser. Elle sentit qu'il fallait avoir du courage pour deux, se leva et rassembla son attirail de peinture.

— Séparons-nous! fit-elle tristement, retournez à la ferme et n'en bougez point de quelques jours.

— M'enfermer là-bas sans nouvelles de vous, s'écria Gérard, jamais!... Je m'y consumerais à petit feu... Je rentre à Juvigny pour y tenir tête à l'orage.

— Je vous le défends! reprit Hélène d'un ton résolu, vos emportements achèveraient de tout gâter. Obéissez-moi, si vous m'aimez. Faites-vous oublier pendant cinq ou six jours, jusqu'à ce que Marius vous écrive... Adieu, pensez à moi !

Elle serra rapidement la main de Gérard et

s'éloigna dans la direction de Juvigny. —
Hélène! s'écria-t-il navré; — mais elle ne l'é-
coutait plus, et bientôt sa robe claire, que les
cépées laissaient entrevoir par instants, disparut tout à fait à un détour du sentier.

Elle rentra chez elle par le chemin le plus
court et trouva la maison encore tout émue de
la mésaventure de Marius. Tonton et le Benjamin lui contèrent comment leur frère était
revenu de son déjeuner et comment il avait
fallu le porter dans sa chambre; mais Hélène
était trop inquiète pour prêter une oreille
attentive au bavardage des enfants. Pendant
tout le dîner, elle resta silencieuse, osant à
peine lever les yeux sur M. Laheyrard, à qui
on avait caché la nouvelle équipée de son fils
aîné. Au sortir de table, elle prétexta une migraine pour se réfugier dans sa chambre. Là,
son cœur se dégonfla, et elle put pleurer.
Qu'allait-elle faire maintenant? Demain, ce
soir peut-être, l'histoire du Fond d'Enfer
courrait la ville, et il ne manquerait pas de
gens charitables pour en informer M. de Seigneulles, ou même M. Laheyrard. La position,
déjà si difficile, de l'inspecteur à Juvigny rece-
vrait le contre-coup de ce scandale et en serait
fatalement ébranlée. Ses larmes redoublèrent

à cette pensée, et en même temps les méchantes paroles de la mère de Georgette lui
bourdonnèrent aux oreilles. — La voilà compromise, avait dit madame Grandfief, et elle
aura un prétexte pour se faire épouser. L'indignation qu'elle ressentit de cette supposition
injurieuse releva brusquement son courage
abattu. — Non, murmura sa fierté révoltée, je
leur montrerai que, malgré mes étourderies,
je vaux mieux qu'eux tous!

Peu à peu l'idée de retourner à Paris pour y
chercher un emploi d'institutrice fit de nouveau du chemin dans son esprit. Le complet
enivrement qui s'était emparé d'elle pendant
tout un mois lui avait fait oublier ses projets
de départ: mais l'esclandre du Fond d'Enfer
venait de dissiper pour toujours ce mirage de
bonheur. Elle ne conservait plus d'illusions et
sentait bien que son amour était perdu. Gérard
n'oserait jamais lutter contre son père, et,
l'osât-il, toute son énergie viendrait se briser
contre l'entêtement du vieux gentilhomme.
Les querelles domestiques l'irriteraient sans
amener aucun résultat, et qui sait? plus tard,
son cœur s'aigrissant et se fatiguant, il finirait
par regretter d'avoir rencontré Hélène et de
l'avoir aimée. Non, elle ne voulait pas qu'il

en arrivât à la maudire, et ce rôle de trouble-
famille lui répugnait. Il valait mieux dispa-
raître. Dès qu'elle serait loin de Juvigny, on
l'oublierait ; le silence se ferait sur la scène du
Fond d'Enfer, et M. Laheyrard ne risquerait
plus de perdre sa place. — Elle se repétait
toutes ces choses, tandis que les derniers
rayons du couchant glissaient obliquement
dans la chambre, et qu'à travers la cloison re-
tentissaient les sonores ronflements de Marius,
auteur inconscient de cette tragédie intime.
Son ancienne maîtresse de pension de la rue
de Vaugirard lui avait souvent proposé de
rentrer chez elle pour y enseigner le dessin.
Hélène écrivit quelques mots à la hâte pour
lui annoncer son arrivée et lui demander
l'hospitalité ; puis elle alla jeter sa lettre à la
poste.

Quand elle rentra, elle se sentit plus tranquille et moins mécontente d'elle-même. A
dix-huit ans, on a la passion du dévouement
et du sacrifice. Hélène procéda sur-le-champ
à ses préparatifs de départ. Elle vida tous ses
tiroirs, empaqueta les menus objets qu'elle
aimait : — la guirlande de ronces fleuries
qu'elle portait au bal de Salvanches, les livres
favoris qu'elle lisait avec Gérard, deux ou trois

fleurs séchées cueillies par lui, puis ses modestes robes si peu coûteuses et pourtant si
élégantes. — Oui, songeait-elle en disposant
chaque objet au fond d'une grande caisse à
compartiments, du moins de cette façon, lorsqu'il pensera à moi, aucune amertume ne
gâtera la douceur de ses souvenirs, il me re-
verra toujours comme j'étais au bal de Salvanches, il ne se repentira pas de m'avoir connue,
et me gardera dans son cœur un petit coin
bleu qu'aucun nuage n'obscurcira jamais...
Cette certitude sera ma consolation là-bas,
quand j'habiterai avec des étrangers, loin de
mon père et de lui. — La maison s'était en-
dormie profondément; on n'entendait plus au
dehors que de lointains roulements de voitures et le tic-tac sonore d'un métier de tisserand. La caisse était remplie; Hélène essuya
une larme, ferma le couvercle et se déshabilla
en songeant, avec des sanglots plein la gorge,
que cette nuit serait la dernière qu'elle passe-
rait dans la maison de son père.

XV

Le lendemain, dès l'aube, le sommeil de plomb qui avait cloué Marius sur son lit pendant dix-huit heures se dissipa lentement. Le poète, s'éveillant avec la bouche sèche et la tête lourde, s'aperçut que son lit n'était pas défait et qu'il s'était endormi tout habillé. Il se frotta les yeux, ouvrit sa fenêtre, plongea sa tête dans l'eau fraîche, et, comme si cette immersion eût opéré une condensation subite dans son cerveau embrumé de fumées vineuses, tout à coup il se souvint. Il revit ses deux voisins de table au rire narquois, les verres pleins jusqu'au bord de ce traître vin pelure d'oignon, les singuliers regards de madame Grandfief, et se rappela l'étrange façon dont la conversation avait été amenée sur les amours de Gérard. Un frisson terrible lui passa dans le dos. — Double brute que je suis ! s'écria-t-il en se donnant un formidable coup de poing, j'aurai dit quelque sottise !

Il courut immédiatement trouver sa sœur dans l'atelier, où elle était occupée à empaqueter ses brosses et sa boîte de couleurs. Il entra l'oreille basse et la mine déconfite. — Ma pauvre Hélène, commença-t-il tout penaud, je me suis grisé hier comme un écolier, et j'ai grand'peur d'avoir divagué plus que de raison. — Il lui fit le récit du déjeuner. A mesure qu'il parlait, ses souvenirs se réveillaient plus vifs, et il avait pleinement conscience de son impardonnable indiscrétion.

Hélène lui tendit la main. — Oui, Marius, répondit-elle doucement, tu as trop parlé, et nous allons tous en pâtir. — A son tour, elle lui conta la scène du Fond d'Enfer et la conduite de madame Grandfief.

Marius sentit ses jambes fléchir et fut forcé de s'asseoir. — Ane, idiot ! s'écria-t-il en se prenant lui-même aux cheveux, que ne t'arrachais-tu la langue ?... Je comprends maintenant pourquoi cette maudite prude tenait ses gros yeux braqués sur moi ! Elle a ramassé mes sots propos et en a fait son profit... Ah !

pauvre petite sœur, que vas-tu devenir, et quel misérable je suis ! — Et le colossal Marius se mit à pleurer comme un enfant.

— Ne te désole pas, dit Hélène touchée de son désespoir, il y a de notre faute à tous, et c'est encore moi la plus coupable... Je ne t'en veux pas, grand étourneau !

Elle lui tapa gentiment sur l'épaule en essayant de lui prendre les mains. — Gifles et morsures ! gronda tout à coup Marius, les choses ne peuvent pas en rester là .. Je cours à la Grange-Allard. Gérard est un galant homme, nous irons ensemble trouver son père, et il faudra bien que cette vénérable aile de pigeon donne son consentement de gré ou de force.

— Tu ne feras rien de tout cela, Marius, interrompit Hélène avec fermeté.

— Comment ! s'écria le poète en bondissant, tu veux te laisser compromettre sans exiger la réparation qui t'est due ?

— Je veux rester ce que je suis : une honnête fille, et je n'entends pas qu'on m'accuse de spéculer sur un scandale pour faire un beau mariage. Inutile d'insister, ajouta-t-elle en mettant sa main sur la bouche de Marius qui allait se récrier, ma résolution est prise, j'ai écrit à

madame Le Mancel et je partirai ce soir pour
Paris.

Le poète, abasourdi, haussa les épaules. —
Mon bon Marius, continua Hélène, écoute-moi,
et, pour ta punition, obéis-moi... Une fois
partie, on m'oubliera, et il faut à tout prix
éviter un éclat qui rejaillirait sur notre père.
Songe à ce que deviendrait la maison, s'il perdait sa place ?... Je partirai ce soir, à la nuit;
tu iras louer une voiture et tu m'accompa-
gneras jusqu'à Blesmes, où je prendrai le
chemin de fer... Ce n'est pas tout, tu vas me
jurer de ne rien dire à Gérard avant que je te
le permette ..Je ne veux pas qu'il fasse un coup
de tête. — Elle s'arrêta un moment, décrocha
du mur une étude de fleurs des champs, et
reprit : — Plus tard, quand tout se sera apaisé,
tu lui donneras cette petite toile en souvenir
de moi... Elle lui parlera de nos bonnes promenades...

Les larmes lui montaient à la gorge et l'em-
pêchaient de parler, mais elle voulut être brave
jusqu'au bout et les renfonça énergiquement.
Marius, qui l'admirait, la serra dans ses bras
— Je ne suis pas digne de baiser l'ourlet de ta
robe, s'écriait-il; mais c'est égal, si tu voulais...

Elle l'arrêta d'un coup d'œil résolu. — Fais ce que je t'ai dit, laisse-moi et ne parle de rien ici avant le déjeuner.

Marius parti, Hélène mit son chapeau, et par une rue détournée se glissa jusqu'à l'église Saint-Étienne. Elle n'était pas dévote mais elle avait une religion à elle, pleine de superstitions naïves et de soudaines ferveurs. Elle fit allumer un cierge que le sacristain plaça sur un trident où deux lumignons fumeux achevaient de se consumer, puis elle s'agenouilla dans l'ombre et improvisa une éloquente prière. — Mon Dieu, disait-elle, que mon départ soit une suffisante expiation ; permettez que je sois seule à souffrir de ma faute ! — Elle n'osait pas ajouter : Faites que Gérard ne m'oublie pas ! — mais, du fond de son cœur, ce vœu s'élançait, caché sous les ailes de sa prière. Quand elle releva la tête, la vieille église lui sembla plus froide et plus austère que d'habitude. Les piliers, verdis par l'humidité, jetaient une obscurité plus épaisse sur le coin où elle s'était placée ; le Christ, suspendu au mur entre les deux larrons, avait une expression navrante d'abattement et de souffrance, et le noir squelette de marbre, œuvre d'un vieil artiste lorrain, tendait vers elle son sablier

avec un geste de menace. Les épaules d'Hélène
frissonnèrent, et elle quitta l'église toute transie.
Au moment où elle tournait l'angle de la prison,
pour regagner la rue du Tribel, elle se trouva
en face de Francelin Finoël. Le bossu l'avait vue
entrer à Saint-Étienne, et il la guettait à la
sortie. — Je voudrais vous dire deux mots,
murmura-t-il avant qu'elle eût pu l'éviter ;
bien que vous m'ayez fermé votre porte, je n'ai
pas de rancune, et vous n'avez pas de plus sûr
ami que moi...

Elle pressait le pas sans répondre ; mais il
était résolu à la suivre.

— Eh bien ! continua-t-il, ce que j'avais
prédit ne s'est pas fait attendre... Vous voilà
compromise, et on ne parle que de vous en
ville ; quant à moi, je ne crois rien de ce qu'on
raconte, et la preuve, c'est que je viens vous
renouveler ma demande... Voulez-vous me
donner votre main en échange de mon nom ?

Le rouge monta au front de la jeune fille. Le
scandale était donc bien grand, pour que
Finoël se fût senti encouragé dans son injurieuse poursuite ?...

— Vous avez l'âme plus basse que je ne sup-
posais, répondit-elle indignée.

— Et vous, l'espoir bien tenace ! répliqua-t-il ;

après ce qui s'est passé hier, comptez-vous encore épouser M. de Seigneulles ?

— Je compte quitter la ville ce soir, monsieur, et mon chagrin en partant sera de vous avoir vu et entendu.

Elle releva la tête, écrasa le petit bossu d'un regard méprisant et rentra chez elle.

Au déjeuner, Marius lui glissa dans l'oreille : — La voiture est retenue pour ce soir, à huit heures. — Le moment était venu de rompre le silence, et le cœur d'Hélène battait violemment ; elle ne pouvait se décider à faire connaître sa résolution à M. Laheyrard, qui la regardait d'un air de sollicitude inquiète. — Je parlerai tout à l'heure, se disait-elle, — et elle ajournait sans cesse la minute fatale. Enfin, quand on se leva de table, elle murmura d'une voix mal assurée : — Petit père, tu sais que madame Le Mancel insiste pour que je revienne chez elle ; j'ai beaucoup réfléchi à sa proposition, et je suis décidée à l'accepter.

M. Laheyrard pâlit, et madame Laheyrard demeura bouche béante. — Je partirai le plus tôt possible, continua rapidement Hélène ; j'ai dit mes raisons à mon frère, et il les approuve, n'est-ce pas, Marius ?

Le poète bredouilla quelques mots en signe

d'approbation, et, ne sachant quelle contenance tenir, se mit à bourrer sa pipe.

— Comment, comment! balbutia le vieil universitaire, nous verrons... rien ne presse.

— Il faut profiter des bonnes dispositions de madame Le Mancel, et je compte partir ce soir.

A ces mots de départ, Tonton et le Benjamin, qui adoraient Hélène, commencèrent à pleurer en s'accrochant à ses jupes. — Mais c'est insensé! s'écria madame Laheyrard stupéfaite, ce soir, y songes-tu? Ton trousseau n'est pas prêt, ta malle n'est pas faite!

— Pardon! j'ai emballé le nécessaire, tu m'enverras le reste plus tard.

— On n'a jamais rien vu de pareil, poursuivit la femme de l'inspecteur; il n'y a que toi pour avoir de semblables fantaisies... Que vont dire les voisins en te voyant partir comme si tu avais commis un crime?

— Les voisins diront ce qui leur plaira, répliqua nettement Hélène, je n'ai pas l'habitude de me soucier de leur opinion.

M. Laheyrard restait muet; il prit le bras de sa fille et l'entraîna dans le jardin. — Mon enfant, soupira le pauvre homme, ce brusque départ doit avoir une raison que tu me caches... Est-ce que quelqu'un t'a molestée ici?

— Non. petit père, je suis aussi heureuse que possible ; seulement, tu sais, il faut songer à l'avenir... Voici les enfants qui grandissent, et tes appointements n'augmentent pas à mesure que s'allongent les dents des deux bambins.

— Je comprends, je comprends, tu es une brave fille ;... mais moi, que vais je devenir sans toi ? Tu étais ma compagnie et ma joie... Enfin, il ne faut pas que les pères soient trop égoïstes... Embrasse-moi !

Elle lui sauta au cou en s'efforçant de ne pas montrer ses larmes. L'après-midi se passa tristement. A la nuit tombante, le cabriolet, conduit par Marius, attendait devant la porte. Madame Laheyrard jugea le moment venu de montrer sa douleur et fondit en larmes. Les enfants firent chorus. Hélène les embrassa tous en gardant ses derniers baisers pour son père.

— Écris-moi de longues lettres ! dit le bonhomme avec des sanglots dans la voix.

— Allons, en route, s'écria Marius qui se tenait à quatre pour ne pas pleurer, il se fait tard, et il ne faut pas manquer le train.

Hélène grimpa sous la capote du cabriolet, qui partit au petit trot. Afin de ne pas traverser la ville, Marius fit un détour par la route de Combles. Ils atteignirent les bois au moment

où la cloche du couvre-feu sonnait neuf heures.
Tous deux gardaient le silence; on n'entendait
que les sabots du cheval sur la route sonore et
le claquement du fouet que Marius agitait
d'une façon nerveuse. — Ainsi, dit tout à coup
le poète à sa sœur, tu ne veux pas que je pré-
vienne Gérard?

— Non, je t'en prie! répondit résolument
Hélène.

Marius, qui semblait choqué du stoïcisme de
sa sœur, se contenta de pousser un grogne-
ment sourd, et la conversation tomba. Quand
on parvint au sommet du plateau, à un endroit
d'où la route dominait une vaste étendue de
forêt, la lune, émergeant tout à coup à l'horizon, jeta une longue nappe de lumière sur la
cime moutonnante des bois, et fit briller au
loin les toits d'une ferme. Marius se leva debout sur le siège, et désignant avec son fouet
les pignons aigus qui se profilaient sur le ciel :

— Tiens, murmura-t-il entre ses dents, on
aperçoit d'ici les toits de la Grange-Allard... Et
dire que ce pauvre Gérard se morfond là-bas,
sans se douter que nous passons à une portée
de fusil de son gîte !

Hélène sentit son cœur battre à coups redou-
blés, elle ne put s'empêcher de se soulever sur

son banc et de regarder dans la direction indi-
quée. Grâce au clair de lune, on distinguait
nettement la ferme avec ses pièces de terre
enclavées dans le taillis, ses granges aux murs
bas, et la tourelle de son pigeonnier. La jeune
fille embrassa tous ces détails d'un regard
avide. Elle n'aurait eu qu'un mot à prononcer,
et Marius ne se serait pas fait prier pour fouet-
ter son cheval du côté de la ferme. Elle aurait
surpris Gérard, pensif au coin de l'âtre de la
cuisine ; leurs mains auraient pu se serrer une
fois encore... La tentation était forte, et un
mois auparavant elle y eût certes succombé ;
mais les chagrins de ces deux derniers jours
avaient mûri sa raison, et tari cruellement
cette sève étourdie qui bouillonnait jadis dans
son cerveau. Elle se mordit les lèvres, ferma
les yeux, et, se rejetant dans son coin, se contenta de dire à son frère : — Presse ton cheval,
nous n'arriverons jamais pour l'heure du
train !

Marius fit retentir l'air sonore d'un long sifflement, et le cheval prit le trot. — Les femmes
sont étonnantes ! s'écria-t-il en regardant Hélène à la dérobée... Il y a en elles un tas de
complications mystérieuses qui me laissent
ébaubi.

— A propos de quoi dis-tu cela ? murmura
Hélène.

— A propos de toi, parbleu !... Tu quittes
Juvigny sans tambour ni trompette pour aller
apprendre à des bambines à faire des yeux et
des oreilles, c'est très courageux, j'en con-
viens ; mais enfin tu ne songes pas à ce que va
souffrir l'ami Gérard... Il t'aime, après tout,
bien qu'il soit un tantinet poule mouillée, il
t'aime, et tu n'as pas l'air d'y prendre garde.

Toutes ces réflexions entraient comme des
flèches aiguës dans le cœur d'Hélène. Elle n'eut
pas le courage de répondre, se bornant à dé-
tourner la tête pour qu'un rayon de lune ne
trahît pas les larmes qui lui emplissaient les
yeux.

— Oui, continua impitoyablement le poète
en fouettant son maigre locatis, vous autres
femmes vous n'avez pas le crâne construit
comme nous, vous êtes dures, vous êtes fé-
roces, vous ne savez pas aimer.

— Assez, Marius ! balbutia-t-elle d'une voix
suppliante, tu me fais du mal !

Elle cacha sa figure dans le fond du cabriolet
et feignit de dormir. Peu à peu, grâce au ber-
cement de la voiture et aussi à la mauvaise
nuit qu'elle avait passée, ses paupières s'alour-

dirent, un demi-sommeil ferma ses yeux
encore humides. C'était plutôt de l'engourdis-
sement qu'un vrai repos; au moindre cahot,
ses yeux se rouvraient. Elle entrevoyait, comme
dans un rêve, les lisières des bois se décou-
pant sur les champs nus, les coteaux de vignes
aux pampres frissonnants, les ormes de la
route aux formes contournées et menaçantes,
puis les villages aux portes closes, aux fenêtres
noires, où des chiens enfermés dans les granges saluaient par des aboiements le passage du
cabriolet. Ses paupières s'abaissèrent de nouveau ; quand elles se relevèrent, on traversait
les plaines champenoises, aux ondulations à
peine sensibles, où des troupeaux de moutons
campaient à côté de la maisonnette roulante du
berger ; un sifflement de locomotive retentit
au loin, des lumières commencèrent à scintil-
ler... C'était la gare de Blesmes.

Hélène se réveilla tout à fait; les larmes
n'avaient pas eu le temps de sécher sur ses
joues qu'on était déjà arrivé. Marius déchargea
lestement la malle et fit enregistrer les ba-
gages. Bientôt ils se retrouvèrent tous deux
seuls dans la salle d'attente, mal éclairée par
une lampe fumeuse. Le pauvre garçon vit
alors la figure bouleversée de sa sœur, et son

cœur se serra. Hélène, le front appuyé contre
la porte vitrée, regardait haleter la locomotive
qui allait l'emporter loin de tous ceux qu'elle
aimait. — Allons, dit-elle, adieu, mon bon Marius, sois gentil pour le père...

— Ah ! mille millions de serpents ! s'écria
le poète, tu pleures, Hélène, et sans mes étourderies tout cela ne serait pas arrivé !... Comme
je voudrais tenir cette maudite Grandfief entre
quatre murs, je lui ferais payer cher ses perfi-
dies !

— Paix, Marius, sois sage ! dit-elle en le
menaçant du doigt.

— Sage ! ce n'est guère dans mes cordes ;
mais par les Érynnies, je te jure que je te vengerai !

— Les voyageurs pour Paris, en voiture ! —
cria l'employé en ouvrant la porte vitrée.

Le frère et la sœur s'embrassèrent encore
une fois, puis les portières se fermèrent ; Hélène, par la glace ouverte, envoya un dernier
baiser à Marius, et le train partit.

XVI

Dès que je serai loin, on oubliera tout,
s'était souvent dit Hélène pour s'encourager à
partir ; — mais elle connaissait mal la province, ou plutôt elle était trop parisienne pour
la comprendre. A Paris, un événement, si
scandaleux qu'il soit, a beau tomber avec fracas dans le houleux océan de la grande ville, la
rumeur qui le suit est promptement étouffée
par le tumulte des foules sans cesse renouve-
lées, par la clameur plus forte des scandales
rivaux qui lui succèdent. Il n'en va pas ainsi
dans le lac tranquille et silencieux de la vie de
province ; le moindre caillou qui roule dans
ces eaux somnolentes y réveille mille échos
sonores et produit à la surface une lente suc-
cession de cercles onduleux qui vont toujours

en s'élargissant. L'habitant d'une petite ville,
qui épie, derrière ses rideaux discrètement
tirés, les allées et venues de ses voisins, et qui
en fait son unique préoccupation, accueille un
scandale comme un gibier rare, un régal de
haut goût qu'il faut savourer avec onction. Il
l'assaisonne avec des ingrédients merveilleux,
le fait cuire à petit feu avec un raffinement
particulier ; il en déjeune et il en dîne pendant
des mois.

Le brusque départ d'Hélène, loin de faire
oublier l'aventure du Fond d'Enfer, lui donna
du relief et l'agrémenta de commentaires tout
neufs, aussi ingénieux que peu charitables.
Les motifs de cette fuite étaient trop simples
et trop généreux pour que personne eût l'idée
de les accueillir comme vraisemblables ; on en
chercha d'autres, et l'imagination des habitants se donna pleine carrière. L'une des premières, la petite Reine insinua en secouant la
tête que la cause de ce départ précipité était
probablement plus grave qu'on ne supposait.

— Quand on n'a rien à se reprocher, disait
cette scrupuleuse personne, on ne se sauve
pas comme une criminelle, et si mademoiselle
Laheyrard a quitté la ville en *catimini*, c'est
qu'elle voulait peut-être cacher les suites trop

visibles de ses promenades aux bois. — Là-
dessus la grisette clignait de l'œil et fredonnait
en manière de conclusion un refrain grivois
très connu. Bientôt, on se murmurait à l'oreille
que M. Gérard de Seigneulles avait sérieusement compromis Hélène. Cette calomnie,
accueillie d'abord par des mines hypocritement incrédules, fit le tour de la ville, et
comme la jeune fille, par ses allures indépen-
dantes, ses espiègleries spirituelles et son écla-
tante beauté, avait excité plus d'une jalousie,
cette méchante supposition trouva créance
presque partout.

Parmi les accusatrices d'Hélène, l'une des
plus acharnées et des plus dangereuses fut
madame Grandfief. Elle ne l'accablait pas ou-
vertement, mais elle avait une façon terrible
de chercher à la disculper. — Pour ma part,
disait-elle avec un soupir, je n'ai jamais cru
au mal, et la charité chrétienne nous défend
les jugements téméraires; mais, quand je
songe à la déplorable éducation qu'a reçue
cette malheureuse enfant, je suis obligée de
reconnaître que tout est possible. Pas de principes, pas de tenue, et une mère qui ne la sur-
veillait jamais !... Comment voulez-vous
qu'une jeune fille ainsi abandonnée ne tourne

pas mal ? C'est ce que je ne me lasse pas de
répéter aux mères qui ont des filles : « Mes-
dames, ayons des principes, sans quoi les meilleures qualités ne servent de rien. » Dieu
merci, Georgette a été élevée autrement ! Je
n'ai même pas voulu la mettre au couvent ;
mes yeux ne l'ont jamais quittée, elle n'a pas
de secrets pour sa mère, et je lis dans son
cœur comme dans un livre. Aussi je répondrais d'elle comme de moi.

Quant à mademoiselle Georgette, toutes ces
rumeurs circulant sur le compte d'Hélène la
rendaient profondément rêveuse. Bien qu'elle
fût fort ignorante en certaines matières et d'un
esprit peu pénétrant, ces gloses à mots couverts
sur le départ de mademoiselle Laheyrard, ces
allusions saisies au vol sur la façon dont elle
avait été compromise et sur les résultats de sa
conduite légère, faisaient singulièrement tra-
vailler son imagination de fille curieuse et
naïve. Elle se demandait, non sans un certain
trouble, comment ces mystérieuses promenades
au Fond d'Enfer avaient pu si vite aboutir à de
si scabreuses conséquences. Il n'est pas de
jeune fille de dix-huit ans, si ingénue qu'on la
suppose et si discrètement élevée qu'elle puisse
être, qui n'ait agité maintes fois dans sa petite

tête le problème inquiétant du mariage et de
ses suites. Georgette avait, comme les autres,
été envahie par cette préoccupation féminine,
et l'effrayante aventure d'Hélène piqua plus vivement encore sa curiosité mal satisfaite. Comment l'amour, en dehors du mariage, pouvait-il
déterminer une si étrange métamorphose ?...
Georgette n'en était plus, comme Agnès, à
croire que les enfants se font par l'oreille, mais
ce mystère ne l'en inquiétait pas moins. Elle
était d'autant plus intriguée que sa conscience
n'était pas complètement tranquille. Ce modèle
des filles à principes avait, à l'endroit de Marius
Laheyrard, quelques menues peccadilles à se
reprocher : un sonnet imprudemment accepté
au bal, un serrement de mains prolongé à la
fin d'une valse, et même deux ou trois œillades
fort tendres échangées dans la rue. Dans son
ignorance candide, Georgette en venait à se demander si elle ne glissait pas elle-même sur le
chemin périlleux où Hélène avait fait une si
terrible chute, et en même temps, par une singulière contradiction, tout à travers ses scrupules, elle ne pouvait s'empêcher de rêver
complaisamment à ce grand beau garçon de
poète, si hardi, si tapageur et si séduisant...

Les commérages allaient leur train, se glis-

sant de maison en maison et faisant la boule
de neige dans le trajet. Ils ne s'arrêtèrent qu'au
seuil du logis des Laheyrard et à la porte de
M. de Seigneulles. Encore pénétrèrent-ils dans
cette dernière demeure avec Manette, qui les
rapportait de chez les fournisseurs ; mais la
vieille servante connaissait trop bien le chevalier pour ne pas tenir sa langue : quant au taciturne Baptiste, il ne soufflait mot comme de
coutume. En dépit de cette réserve, M. de Seigneulles était inquiet ; on eût dit que, comme
un vieux *solitaire* à la randonnée, il flairait
quelque chose dans le vent. La veille, au moment où il était entré dans le salon de madame
de Travanette, la conversation commencée
avait brusquement cessé ; les habitués avaient
pris des mines discrètes et embarrassées ; la
vieille dame elle-même avait paru gênée et ne
s'était pas informée de la santé de Gérard. Un
visiteur survenant ayant tout à coup parlé de
la fuite de mademoiselle Laheyrard, un silence
avait suivi cette phrase intempestive, tandis
que des regards lancés obliquement au nouveau
venu avaient eu l'air de lui signaler la présence
du chevalier. M. de Seigneulles était rentré fort
rêveur à la maison, et n'avait desserré les lèvres
que pour boire et manger, puis il était remonté

dans sa chambre en sifflotant l'air de *la belle Bourbonnaise*, ce qui, d'après Manette, était toujours signe d'orage.

Le lendemain, jour de barbe, M. de Seigneulles était déjà installé dans sa cuisine, quand Magdelinat fit son apparition d'un air plus obséquieux et avec une échine plus flexible encore que d'habitude. Le barbier connaissait naturellement toutes les rumeurs qui avaient mis la ville en émoi ; mais depuis l'affaire du bal des Saules il était payé pour se montrer circonspect, et malgré son humeur bavarde il resta muet pendant toute l'opération. Ce fut M. de Seigneulles qui le premier rompit le silence. — Eh bien ! dit-il, Magdelinat, quoi de nouveau ?

— Rien, monsieur le chevalier, absolument rien.

— Hum !... Vous n'êtes guère au courant pour un homme de votre métier... Ignorez-vous que notre voisine, mademoiselle Laheyrard, a quitté Juvigny ?

— Pardon, répondit le barbier, je savais tout cela ; mais je croyais inutile de vous ennuyer de pareils commérages.

— Il n'y a pas de commérages, c'est un fait, poursuivit innocemment M. de Seigneulles.

Magdelinat le regarda d'un air ébahi. Trompé

par la mine impassible de son client, il s'imagina que le chevalier connaissait l'aventure et
s'en souciait médiocrement. Il reprit donc de
son air le plus doucereux : — Oui, le fait n'est
pas douteux... malheureusement ; mais vous
savez, on exagère toujours, et il ne faut croire
que le demi-quart de ce qu'on raconte.

M. de Seigneulles fit un soubresaut. — Et que
diantre peut-on raconter ? s'écria-t-il en dardant
ses yeux gris sur Magdelinat, qui recula effrayé.

— Le malheureux coiffeur comprit qu'il avait
commis une bévue et tenta de raccommoder les
choses. — Des âneries, dit-il en affectant un
air dégagé, le monde est si méchant ! Pour ma
part, je gagerais qu'il n'y a là-dedans qu'une
étourderie, et que M. Gérard n'est pas coupable...

— Gérard !... mule du pape ! que fait encore
mon fils dans cette ridicule affaire ?

Le chevalier s'était levé furieux, et d'un
geste de colère avait poussé Magdelinat dans un
coin de la cuisine. Le coiffeur, plus pâle que
sa serviette, essayait de se dégager et jetait vers
la porte des regards désespérés. — Ai-je nommé
M. Gérard ? murmura-t-il, ma langue aura
fourché. En pareil cas, sait-on jamais quel est
le père de l'enfant ?

— De l'enfant?... — M. de Seigneulles prit
l'infortuné Magdelinat par sa cravate, et le col-
lant contre le mur : — Ah ! cria-t-il d'une voix
étranglée par le saisissement, maudite bête, tu
en sais plus que tu n'en veux dire ! Dépêche-toi
de parler net, sinon je t'arrache ta chienne de
langue, et je la cloue entre deux chouettes à la
porte de ma foulerie !...

— Que voulez-vous que je dise? balbutia
Magdelinat à demi suffoqué, je ne sais que ce
qu'on raconte dans toute la ville ; on prétend
que la fille de l'inspecteur était enceinte lorsqu'elle est partie, et il y a de méchantes gens
qui ajoutent, qui supposent...

— Que c'est mon fils qui l'a mise à mal !

— On a l'air de le dire, mais je n'en crois
rien.

— Eh ! croyez-le ou non, s'écria le chevalier
en faisant pirouetter Magdelinat, vous imaginez-vous que je me soucie de votre opinion?
Décampez, monsieur... Magdelinat, et ne re-
mettez plus les pieds chez moi.

Le coiffeur s'enfuit sans demander son reste ;
quant au chevalier, il demeura debout sur le
seuil, comme une statue de pierre. Il était
atterré. Manette le regardait en tremblant de
tous ses membres, et dans la cuisine on aurait

entendu trotter une souris. Tout à coup M. de
Seigneulles se débarrassa de sa robe de chambre, et la lançant au nez de Manette : — Ma redingote ! dit-il d'une voix sourde.

Quand il fut habillé, il courut chez l'abbé
Volland, et lui fit subir un interrogatoire en
règle. Le curé savait qu'Hélène s'était réfugiée
à Paris dans une pension de la rue de Vaugirard, il connaissait toutes les calomnies débi-
tées sur le compte de la jeune fille, et, bien qu'il
ne la crût pas coupable, il se trouvait obligé
de convenir en soupirant que la malheureuse
enfant avait contre elle toutes les apparences.
Cette conclusion était loin de rassurer le chevalier ; il resta enfermé pendant une heure avec
l'abbé, et il sortait à peine du presbytère lorsque Gérard, tout poudreux, apparut au détour
de la route qui débouche sur le Pâquis. Le
jeune homme avait les traits tirés, les yeux
creux et la mine inquiète. Pendant quatre mor-
tels jours, il avait attendu à la Grange-Allard
la lettre promise par Hélène. Il ne dormait
plus, ne tenait plus en place, et faisait chaque
jour des courses désespérées jusqu'à la lisière
de la forêt. A chaque instant, il était sur le
point d'enfreindre la défense de la jeune fille
et d'accourir à Juvigny, mais la crainte d'ac-

croître par sa présence le mal déjà causé, le retenait cloué à l'orée des bois, ou le renvoyait découragé à la Grange-Allard. Enfin le matin du cinquième jour, n'y tenant plus, il avait quitté la ferme, il arrivait fiévreux et haletant à Juvigny. Il traversa rapidement le Pâquis, s'engagea dans la rue du Tribel et s'arrêta devant sa porte au moment où M. de Seigneulles rentrait au presbytère.

A la vue du coupable, les yeux du chevalier lancèrent des éclairs furibonds, et il fut sur le point d'exhaler sa colère en pleine rue; néanmoins le bouillant gentilhomme eut la force de se contenir, et montrant la porte du vestibule à Gérard, qui restait devant lui la tête découverte : — Montez dans ma chambre, dit-il, j'ai à vous parler.

Le ton dont cet ordre était formulé ne laissait aucun doute sur la situation d'esprit de M. de Seigneulles. Gérard lisait dans les lueurs orageuses de ses yeux gris et les lignes rigides de ses lèvres pâles les signes précurseurs d'une grande colère. — Allons, pensa-t-il tout en gravissant les marches, il connaît l'aventure du Fond d'Enfer; tant mieux, je n'aurai pas l'embarras de la lui conter moi-même, et le terrain sera tout préparé. — Ils arrivèrent sur le palier du premier étage, dont la fenêtre s'ouvrait sur la cour et les jardins. Gérard lança un coup d'œil furtif de ce côté, cherchant à apercevoir derrière les arbres la figure d'Hélène, qui lui aurait redonné du courage, mais M. de Seigneulles ne lui en laissa pas le temps. D'un geste impérieux il poussa son fils dans sa chambre.

— Monsieur, dit le vieux gentilhomme en refermant violemment la porte, regardez-moi en face et répondez-moi franchement une fois dans votre vie... Connaissez-vous l'histoire qui court la ville?

— Oui, mon père, répliqua Gérard, persuadé que le chevalier faisait allusion aux rendez-vous du Fond d'Enfer.

— Ainsi, c'est la vérité... et vous l'avouez! s'écria douloureusement M. de Seigneulles.

— Je l'avoue.

Le chevalier resta un moment silencieux, l'aplomb de son fils le confondait. — Quelle honte! pensait-il, et il ose en convenir; à quelle époque vivons-nous, juste ciel? — Vous devriez vous cacher à cent pieds sous terre, reprit-il, après avoir commis une pareille scélératesse.

— Le mot est un peu fort! murmura Gérard,

à qui l'exagération paternelle arracha un sourire.

— Sangrebleu! fit M. de Seigneulles indigné,
avez-vous encore le front de rire? J'ai dit scélératesse, et je maintiens le mot; il n'est pas
trop fort pour qualifier la chose.

— La chose n'a rien que de naturel. Vous
avez été jeune, mon père, et vous auriez agi
tout comme moi.

— Jamais! riposta l'austère chevalier abasourdi; ah ça, êtes-vous un homme d'honneur,
monsieur?

— Je le crois.

— Je commence à en douter, moi... Enfin, au
point où en sont les choses, que comptez-vous
faire?

— Je venais vous le demander, répondit
Gérard d'un air de déférence.

— Me le demander! s'écria M. de Seigneulles
tout à fait hors de lui; vous n'avez donc pas de
sang dans les veines? C'était avant de commettre la faute qu'il fallait prendre mon avis.
Vous disiez que j'ai été jeune comme vous...
Croyez-vous donc que, si pareil malheur m'était
arrivé, j'aurais été quêter des conseils sur la
façon de me conduire? Nous avions une autre
manière de comprendre nos devoirs, nous

autres! Ce que j'aurais fait, monsieur? J'aurais
sellé un cheval et je serais allé à la recherche
de cette jeune fille, que vous avez laissée partir
après l'avoir indignement compromise.

— Hélène est partie! balbutia Gérard.

— Ne faites donc pas l'ignorant! continua le
chevalier en piétinant à travers la chambre;
pouvait-elle rester ici dans la situation où vous
l'aviez mise?... Eh bien, où allez-vous? ajouta-
t-il en voyant Gérard s'élancer vers la porte.

— Faire ce que vous me reprochez de n'avoir
pas fait plus tôt, répondit le jeune homme, qui
était devenu très pâle; je vais la retrouver.

— Restez! dit impérieusement M. de Seigneulles en lui saisissant le bras.

— Mon père, laissez-moi sortir.

— Je vous le défends! vous avez assez commis de sottises, c'est à moi d'agir comme je
l'entendrai.

Gérard, irrité par cette résistance, faisait de
violents efforts pour gagner la porte. Le chevalier était devenu furieux; le jeune homme
se cabrait comme un cheval sauvage sous l'éperon, et entre eux commença une lutte silencieuse qui menaçait de devenir tragique. Le
père et le fils ne se connaissaient plus, il n'y
avait en présence que deux hommes que la

colère aveuglait. Heureusement l'ancien garde
du corps avait encore la poigne solide; il retrouva sa vigueur d'autrefois et finit par clouer
sur un fauteuil Gérard, qui perdait ses forces
peu à peu. Alors se dégageant brusquement
avec une vivacité étonnante à son âge, le chevalier fit un bond vers la porte et sortit après
avoir enfermé son fils à double tour.

XVII

Le jeune homme, épuisé et consterné, resta quelque temps affaissé dans son fauteuil. Les reproches et les anathèmes de M. de Seigneulles bourdonnaient encore à ses oreilles. Tout ce qui venait de se passer depuis un quart d'heure lui faisait l'effet d'un cauchemar. Il entendit vaguement dans la cour les piaffements de Bruno, que Baptiste tenait par la bride, les éclats de la voix de son père et les réponses de Manette effarée. — Qu'on m'apporte ma grande valise! criait le chevalier.

— La valise? reprenait la servante; sainte Vierge! il y a dix ans qu'on ne s'en est servi; êtes-vous dans votre bon sens, monsieur de Seigneulles?

A quoi le bouillant chevalier répondait par

des piétinements et des jurons d'impatience.
Enfin, après un bruyant remue-ménage et force
exclamations, la valise fut bouclée à la croupe
du cheval. Gérard, qui s'était rapproché de la
fenêtre, vit son père sauter en selle et donner
à sa bête un vigoureux coup de cravache. Bientôt les sabots de Bruno résonnèrent sur les
pavés de la rue du Tribel. Le chevalier était
parti.

En relevant la tête, Gérard aperçut dans le
jardin voisin Marius Laheyrard, qui fumait le
long des charmilles de la terrasse. — Ah!
pensa-t-il, je vais donc enfin avoir une explication! Sans se préoccuper de se faire ouvrir la
porte close par M. de Seigneulles, il enjamba
la fenêtre et se laissa tomber sur le sol de la
cour, à deux pas de Baptiste ébahi. En deux
minutes il eut rejoint Marius sous les arbres du
verger.

— A la bonne heure! s'écria celui-ci en lui
tendant la main, vous ne vous êtes pas laissé
cloîtrer comme un écolier... Je savais bien,
moi, que vous viendriez à la rescousse.

— Hélène?... dit Gérard.

— Partie, répliqua Marius avec un soupir; la
place n'était plus tenable après l'algarade du
Fond d'Enfer... Ah! mon pauvre ami, j'ai eu

de bien grands torts envers vous! — Et, mettant de côté toute fausse honte, le poète confessa franchement sa folle conduite au déjeuner des chasseurs et les conséquences désastreuses qu'elle avait eues. — Hélène, ajouta-t-il, a fui devant les rancunes de madame Grandfief; mais je suis resté sur la brèche, et je mitonne à cette détestable prude un plat de ma façon.

Gérard insista pour connaître la résidence d'Hélène, et Marius finit par lui nommer la rue et la maison où sa sœur s'était réfugiée.

— Merci! s'écria Gérard, je partirai tantôt pour Paris; voulez-vous m'y accompagner?

— Non, pas maintenant... Je couve ma vengeance et ne veux pas la laisser perdre; mais, mon pauvre ami, qu'espérez-vous faire là-bas?

— Je veux, repartit Gérard d'un ton résolu, voir Hélène, lui montrer que mon cœur n'a pas changé, et ne rentrer ici qu'en la ramenant comme ma femme.

Ses yeux étincelaient, sa figure avait pris une expression énergique qui ne lui était pas habituelle. Marius le regarda un instant avec surprise, puis, lui frappant vigoureusement sur l'épaule : — Je vous aime, vous! dit-il, vous êtes un homme!... Partez donc, et heureuse

chance! Descendez hôtel du Parnasse, rue de...
Le propriétaire a une bonne tête; mais ne vous
recommandez pas de moi, il vous mettrait
honteusement à la porte...

. Pendant ce temps, M. de Seigneulles trottait
sur la route de la station. L'impatient chevalier, trouvant que les bornes kilométriques
n'en finissaient pas, éperonnait jusqu'au sang
le pacifique Bruno, qui ne comprenait rien à
ses façons d'aller. En dépit de son aversion
pour les chemins de fer et toutes les inven-
tions modernes, le vieux gentilhomme aurait
voulu être au fond d'un wagon et rouler vers
Paris. — En ce moment, songeait-il, il existe
au monde des gens qui ont le droit d'accuser
les Seigneulles d'une action déloyale... Sur son
champ d'azur jusque-là immaculé, l'écusson
de la famille porte maintenant une ignomi-
nieuse tache noire. — Cette seule idée lui faisait monter le rouge au front. Il sentait qu'il
n'aurait plus de repos tant que cette tache ne
serait pas effacée. Comment il s'y prendrait
pour enlever cette flétrissure, il n'en savait
rien encore, et il osait à peine s'appesantir sur
ce point délicat. — Avant tout, se disait-il en
maudissant la nécessité où le réduisait la folie
de son fils, il faut que je voie cette funeste

créature. Quelle sorte de personne vais-je
trouver? Dieu seul le sait. Quelque aventurière
aux regards enjôleurs et aux mines effronté-
ment ensorcelantes. Si encore Gérard avait
compromis quelque pauvre fille timide et réservée ; mais non, il faut que je tombe sur une
de ces sirènes parisiennes, sans principes et
sans éducation... Sangrebleu! — Il détestait
cordialement Hélène, il lui en voulait d'être
venue à Juvigny pour bouleverser ses projets
et gâter l'avenir de son fils. — En même temps,
par une étrange contradiction, il ne pouvait
penser à cette enfant de dix-huit ans, perdue
par la faute de Gérard, sans des bouillonnements d'indignation. L'orgueil nobiliaire, le
sentiment de l'honneur, l'égoïsme paternel, se
livraient dans cette âme bornée et loyale des
combats formidables. — Je n'aurai de tran-
quillité que lorsque je l'aurai vue! s'écriait-il à
travers champs ; maudite route ! elle est donc
interminable !

Peu à peu néanmoins la distance diminua ;
du haut d'une côte, M. de Seigneulles aperçut
les bâtiments de la gare et entendit le sifflet
d'une locomotive. Il crut que le convoi partait
sans lui, et, piquant des deux, il se lança à
fond de train sur le plan incliné de la route.

Malheureusement les forces de Bruno n'étaient pas à la hauteur des impatiences de son maître; à un tournant, le cheval butta, s'abattit, et le fougueux gentilhomme fut jeté sur un tas de pierres.

Des paysans qui labouraient un champ accoururent ;.on ramassa M. de Seigneulles qui avait la figure écorchée et ne pouvait plus se tenir sur ses jambes ; quant à Bruno, il était affreusement couronné. Le village se trouvant à peu de distance, on transporta dans l'unique auberge le cavalier meurtri, suivi de sa monture éclopée, et on alla chercher le médecin de la gare.

M. de Seigneulles souffrait beaucoup de la jambe et se mordait les lèvres pour ne pas crier, tandis qu'on le déshabillait ; mais la souffrance physique n'était rien auprès de l'irritation morale qu'il ressentait en songeant aux retards causés par cette chute malencontreuse. Après avoir tâté le malade dans tous les sens, le médecin déclara qu'il n'y avait rien de fracturé. La jambe seule était fortement contusionnée et s'enflait à vue d'œil. — Ce n'est rien, dit-il, buvez de l'arnica, appliquez-vous dix sangsues au-dessus du genou, et tout ira bien.

— Je pourrai partir demain? s'écria M. de Seigneulles.

— Non pas, mais dans quatre jours, si vous êtes sage... Dix sangsues, entendez-vous?...

— Quatre jours ! maugréa le chevalier dès que le docteur fut parti, c'est impossible ; ce carabin veut ma mort. — Et, se levant sur son séant, il ordonna qu'on allât sur-le-champ quérir quarante sangsues.

— Pardon, objecta l'aubergiste, le médecin dit dix...

— Le médecin est un âne, répliqua impérieusement M. de Seigneulles, obéissez !

Quand les sangsues furent apportées, le chevalier renvoya tout le monde et se mit en devoir de se les appliquer successivement toutes les quarante au-dessus du genou. En sa qualité de militaire, M. de Seigneulles ne croyait guère qu'aux remèdes de chevaux, et il s'était fait *in petto* ce merveilleux raisonnement : si avec dix sangsues j'en ai pour quatre jours, je puis être sur pied demain en quadruplant la dose.

— C'est ce qu'il appelait une médication énergique ; c'en était une en effet, car, au bout de trois heures, perdant tout son sang et plus pâle que ses draps, le chevalier se sentit défaillir et n'eut que le temps de demander du secours.

Le médecin, mandé à la hâte et informé des prouesses de son patient, jetait les hauts cris.

— Vous voilà dans un joli état ! grogna-t-il, et vous en avez maintenant pour quinze jours... On n'est pas sot à ce point-là.

M. de Seigneulles, en tout autre temps, eût vertement relevé l'insolence de cet Esculape campagnard, mais il n'avait même plus la force de s'indigner. Il se contenta de pousser un soupir mélancolique et se renfonça désespérément dans ses couvertures.

XVIII

Tandis que le père de Gérard se morfondait
à l'auberge de Blesmes, Marius Laheyrard, à
Juvigny, songeait de plus en plus à tirer vengeance de madame Grandfief La morgue into-
lérante de cette revêche personne, qui s'éri-
geait dans la ville en grand justicier, avait
toujours singulièrement agacé les nerfs du
poète ; mais surtout il ne pouvait lui pardonner
le complot du Fond d'Enfer et le départ d'Hélène. Chaque matin, il s'éveillait en jurant de
ne pas quitter le pays avant d'avoir châtié l'orgueil de la dame. En attendant, et pour com-
mencer à lui être désagréable, il faisait la cour
à sa fille Georgette.

Depuis le bal de Salvanches où mademoiselle
Grandfief avait accepté un sonnet de sa façon,

Marius s'était aperçu que la sournoise personne le regardait d'un œil fort doux. Je ne sais si elle avait apprécié suffisamment les flamboyants quatrains et les étranges tercets du poète, mais une fille accueille toujours avec plaisir des vers qu'elle croit avoir inspirés. Georgette avait serré précieusement les rimes du jeune Laheyrard, et elle les relisait en cachette sans trop y rien comprendre. Le joyeux Marius était bien l'amoureux qui devait plaire à cette ingénue. Intrépide danseur et bon vivant, ayant la mine fleurie et la barbe touffue, l'œil hardi et la langue dorée, il apparaissait à Georgette comme un être singulièrement séduisant et irrésistible. Les filles bien élevées ont toujours eu du goût pour les mauvais sujets et mademoiselle Grandfief trouvait l'amour du poète savoureux comme un fruit défendu. Elle rencontrait Marius à toutes ses sorties, et depuis quelque temps il ne manquait plus la grand'messe à Saint-Etienne. Campé non loin de son banc, il lui dardait de flambantes œillades et lui donnait de coupables, mais délicieuses distractions. Les folles entreprises du jeune homme lui faisaient éprouver un frisson qui ajoutait encore au charme de cette cour clandestine. Depuis le fameux déjeuner, Ma-

rius n'avait pas mis les pieds chez les Grandfief; mais les soirs de lune Georgette, accoudée à la fenêtre de sa chambre, le voyait
rôder autour des clôtures de Salvanches, et
l'innocente se le représentait déjà escaladant
les murailles et accrochant une échelle de
corde à son balcon. Elle se couchait alors avec
de naïves terreurs, rêvait de son amoureux, se
relevait parfois pour courir pieds nus à la
fenêtre et regarder s'il était encore là, planté
sous quelque platane de la promenade endor-
mie... Peu à peu Marius lui-même prit goût à
cette amourette, commencée par bravade et
continuée pour le plaisir de vexer madame
Grandfief. L'appétissante beauté de cette petite
provinciale, ses joues de brugnon mûrissant,
ses yeux noirs hypocritement baissés, ses lèvres
rouges et gourmandes avaient de quoi séduire
ce robuste garçon, dont les goûts rabelaisiens
juraient étonnamment avec la poésie funèbre
et nostalgique. Insensiblement son imagination s'échauffa, son cœur d'abord très calme
s'émut à son tour; bref, ce qui n'avait été qu'un
jeu au début finit par devenir, non une grande
passion, — Marius n'était pas taillé pour ces
sentiments-là, — mais un caprice très vif et
suffisamment sérieux.

On venait d'atteindre l'époque des vendanges. C'est le moment où le paysage de Juvigny, ordinairement trop vert ou trop gris, prend tout à coup des teintes d'une intensité et d'une magnificence absolument méridionales. Dans les bois, les alisiers rougissent, les hêtres se mordorent, et les chênes ont des tons couleur de tan. De loin, la forêt moutonne comme une mer aux sombres vagues d'un violet pourpré ; mais c'est surtout au revers des vignobles que se donne pour les yeux une vraie fête de diaprures éclatantes et artistement fondues. Sur les molles ondulations des collines barroises, l'automne jette un manteau qui fait penser aux merveilles des plus riches tissus de l'Orient. Les pampres, métamorphosés par la maturité, y étalent toute la gamme des rouges et des jaunes : splendeurs cramoisies, verts pâles, ors rutilants, fraîches rousseurs d'aurore, tout cela est harmonieux, chantant comme une symphonie magique. En bas les feuillages argentés des saules, en haut les blanches vapeurs de l'horizon marient doucement, aux colorations ardentes des bois et des vignes, la verdure des prés et l'azur du ciel. L'arrière-saison, qui est presque toujours belle, ajoute encore à la joviale physionomie du pays. Alors tout Juvigny

est en liesse. La vigne est la principale richesse
du sol, et, quand la récolte abonde, chaque
propriétaire vide quelques vieilles bouteilles
du fond de sa cave en l'honneur de la vendange
nouvelle. Dès l'aube, vendangeurs et vendangeuses s'en vont par bandes et chantent dans
les rues ; les routes sont tout le jour sillonnées
de *bélons* chargés de raisins ; les fouleries ou-
vrent leurs grandes portes charretières et
laissent voir dans leur profondeur obscure les
ventres énormes des cuves et les bedaines plus
rondelettes des tonneaux rangés au long des
murs. Vers midi, les dames et les jeunes filles
partent pour les vignes et vont se mêler aux
travailleurs ; on emporte le goûter et on le sa-
voure en plein air, à la marge du pré, puis,
comme les bons sujets de Grandgousier, on
s'en va vers les saussaies, et là, sur l'herbe
drue, tous dansent des rondes, « tant baude-
ment que c'est passe-temps céleste les voir
ainsi soy rigoller... » Dans chaque *contrée*,
l'écho renvoie des clameurs et des chansons.
On ne rentre à la ville qu'à la brune, avec le
dernier *bélon*, et la journée se termine par un
gras souper, arrosé de vin pelure d'oignon et
tout retentissant d'éclats de rire. C'est un temps
de liberté et d'allégresse tapageuse, où tous les

15

rangs sont confondus, toutes les pruderies
laissées de côté. La molle odeur vineuse qui
s'exhale des pressoirs et embaume l'air invite
encore à ce laisser-aller familier.

Marius Laheyrard n'avait garde de manquer
à ces agapes provinciales, d'autant qu'il espé-
rait y retrouver mademoiselle Grandfief. Le
dieu des amoureux le servit à point, et une
belle après-dînée, dans la vigne d'un de ses
amis, il rencontra Georgette près des jeunes
filles du propriétaire, qui vendangeaient elles-
mêmes, mêlées aux femmes de journée. Pour
surcroît de chance, elle était venue seule ;
madame Grandfief, retenue au logis par une
migraine, avait consenti à confier sa fille à une
amie. C'était pour le poète une précieuse au-
baine, et il en profita, comme bien vous pensez.
On vendangea côte à côte, mangeant à la même
grappe, goûtant dans la même assiette et pro-
fitant de la familiarité des rondes pour se serrer
la main. Le soir, quand on rentra en ville, le
propriétaire de la vigne retint Marius à souper,
et au dessert déboucha deux bouteilles de
champagne en l'honneur des dames. Georgette,
qui ne dédaignait pas le vin mousseux, se
laissa tenter et vida une flûte tout entière. Le
poète ne fit pas non plus la petite bouche, et,

quand on se leva de table, les cerveaux étaient
échauffés, les yeux brillants et les lèvres babil-
lardes.

La femme de chambre de Georgette l'attendait, et il fallait partir. Elle passa dans une
pièce voisine pour prendre un manteau et s'ap-
prêter ; à la faveur du remue-ménage général,
Marius, très gaillard et ne se rendant pas trop
compte de ce qu'il faisait, se glissa hors de la
salle à manger et se mit à la recherche de la
jeune fille. Il vaguait lentement par le corridor
à demi éclairé quand, du haut du palier, il vit
mademoiselle Grandfief venir à lui. Elle gravissait allègrement l'escalier en fredonnant une
valse et en tenant à la main son chapeau de
paille. Jamais elle n'avait paru si jolie à Marius,
coquettement décoiffée, le nez au vent, les
joues roses et la bouche souriante. Ses gros
yeux étincelaient, et, comme elle était es-
soufflée, sa jeune poitrine ronde soulevait doucement l'étoffe du corsage. J'ai dit que Marius
avait une pointe de champagne. Georgette elle-
même était émoustillée ; la promenade, la
légère excitation du raisin mordu à la grappe,
la gaieté du souper, tout cela lui avait monté
au cerveau. Elle était si fraîche et avenante, le
palier était si solitaire, que, ma foi, Marius

sentit un démon amoureux qui le poussait ;
sans parler, il prit les deux mains de Georgette,
qui souriait, et appliqua un baiser droit sur
ses lèvres épanouies. Elle en fut tout étourdie
d'abord ; soit éblouissement, soit terreur, soit
peut-être aussi parce qu'elle trouvait à ce baiser
impertinent je ne sais quelle douceur non encore goûtée, elle ne fit pas un mouvement, et
Marius, — les poètes sont pleins de fatuité, —
crut sentir que les lèvres de Georgette ne
fuyaient pas trop les siennes. Tout à coup elle
poussa un petit cri, une porte venait de s'ouvrir, et Reine Lecomte, qui se trouvait au
nombre des vendangeuses, s'était montrée sur
le seuil. Mademoiselle Grandfief se dégagea d'un
air indigné et s'enfuit toute rouge, tandis que
Marius, avec cet aplomb superbe que donne
une demi-griserie, descendait l'escalier, enchanté de son aventure, se pourléchant au seul
souvenir de ce baiser, et murmurant en son
pardedans : — Attrape, madame Grandfief !

Georgette rentra confuse et songeuse à Salvanches. Elle éprouvait intérieurement une
sensation étrange, inquiétante, faite de terreur
et de plaisir, d'angoisse et de langueur. Quand
les lèvres de Marius avaient touché les siennes,
il lui avait semblé qu'il lui passait alternati-

vement de la neige et du feu dans les veines,
son cœur s'était serré délicieusement, et — il
fallait bien se l'avouer, quoiqu'elle en rougît —
elle avait eu le désir que ce baiser se prolongeât
pendant des heures. Maintenant encore elle
croyait sentir l'impression de ces lèvres auda-
cieuses sur les siennes, quelque chose comme
un fruit savoureux et brûlant écrasé sur la
bouche... Bientôt cependant une peur terrible
envahit son âme de dévote et d'ingénue ; c'é-
tait un péché qu'elle venait de commettre, et ce
devait être un affreux péché, puisqu'il laissait
après lui une fièvre si troublante et si douce !
Hélène Laheyrard, si cruellement punie et
compromise, n'avait peut-être pas commis
une faute pire... Et si, par une punition du
ciel, ce détestable péché allait avoir pour elle
les mêmes funestes conséquences que pour la
fille de l'inspecteur !... Cette crainte bizarre la
fit frissonner des pieds à la tête. Il ne lui fut
plus possible de penser à autre chose. Quand
elle se trouva seule dans sa petite chambre,
son effroi redoubla. Elle se regarda un moment dans son miroir et détourna brusquement la tête, l'éclat de ses yeux l'épouvantait.
Bien sûr, il s'était passé en elle quelque chose
de nouveau et de terrible, elle avait la fièvre,

elle éprouvait un frémissement inexplicable.
— Ah ! mon Dieu, que vais je devenir ! pensait-
elle en enfonçant sa tête brune dans l'oreiller,
et cette mauvaise langue de Reine qui a tout
vu et qui va tout dire !... Demain je serai la
fable de la ville. — Elle sanglotait et se déso-
lait bien bas ; elle ne s'endormit que fort tard
et rêva toute la nuit d'Hélène Laheyrard.

Au réveil, elle courut de nouveau à son miroir. En voyant ses yeux cernés, ses traits tirés
et ses lèvres pâles, elle n'eut plus de doute.
Assurément elle était perdue, elle aussi. Comment oserait-elle affronter le sévère regard in-
quisiteur de sa mère ? Il fallait pourtant se montrer, et à l'heure du déjeuner elle descendit en
tremblant. Heureusement, madame Grandfief,
affairée par des préparatifs de lessive, ne remarqua pas les traits altérés de sa fille. Pendant la matinée, Georgette resta muette et
anxieuse. Chaque fois qu'elle passait devant
une glace, elle y constatait avec effroi la pâleur
de son visage, et ses craintes redoublaient. Son
agitation et sa tristesse n'échappèrent pas à
l'abbé Volland, qui vint à Salvanches dans l'a-
près-midi. Le curé avait connu Georgette tout
enfant et la traitait encore en petite fille. Il
était observateur, et fut frappé du changement

survenu dans ce visage ordinairement épanoui et indifférent. Il s'imagina que Georgette regrettait son mariage manqué avec Gérard, que cette déception la chagrinait plus qu'elle ne voulait le dire, et il.résolut de s'expliquer là-dessus avec la jeune fille. Au moment de prendre congé de madame Grandfief : — A propos, fit-il à Georgette, j'ai à te parler au sujet de ce devant d'autel que les demoiselles du rosaire brodent pour la chapelle de la Vierge, viens me voir demain au presbytère après la messe de neuf heures.

Cette invitation accrut encore l'anxiété de mademoiselle Grandfief. Le curé connaissait déjà sans doute l'aventure, et l'idée d'un interrogatoire la fit frémir. Aussi le lendemain, après une mauvaise nuit, un terrible frisson la prit quand elle souleva le lourd marteau du presbytère.

Le curé venait de rentrer, et se promenait lentement dans sa bibliothèque en attendant la jeune fille. Dès qu'il la vit, il renvoya sa vieille gouvernante, plaça avec l'habileté d'un juge d'instruction son fauteuil à contre-jour, afin que toute la lumière tombât sur son interlocutrice, puis, prenant les mains de Georgette et la faisant asseoir en face de lui : — Eh

bien! ma chère enfant, commença-t-il, quoi de
nouveau à Salvanches?

— Rien, monsieur le curé, maman prépare
sa lessive et papa est à la chasse.

— Et toi, que fais-tu? On dirait que tu t'en-
nuies, ta figure s'allonge.

Georgette frémit et devint plus pâle. — Moi?
répondit-elle en baissant les yeux sous les
regards du curé, mais je n'ai rien, je vous
assure.

— Alors d'où te vient cette figure bouleversée?... L'abbé Volland la dévisagea de nouveau par-dessus ses lunettes et remarqua
qu'elle perdait contenance. — Je te dis que tu
es changée, poursuivit-il, on ne fait pas une
mine comme celle-là sans motif. Voyons, mon
enfant, ne sois pas dissimulée, et conte-moi tes
petites peines; tu sais bien que je ne suis pas
sévère comme ta mère et que tu peux avoir
confiance en moi.

— Ah! monsieur le curé, s'écria Georgette,
les yeux toujours baissés et tordant nerveusement ses mains l'une dans l'autre, je n'oserai
jamais!

— C'est donc bien gros? demanda l'abbé avec
un sourire encourageant.

— C'est impossible à dire, murmura Georgette ; puis, comme poussée par les terreurs et les remords qui l'étouffaient : — Monsieur le curé, j'ai commis une faute ! balbutia-t-elle en tremblant.

— Une faute ? reprit l'abbé un peu dérouté.

— Il vit la figure consternée de mademoiselle Georgette et reprit d'un ton plus grave : — Veux-tu que je t'entende en confession ?

— Oh ! répliqua-t-elle avec un accent tragique, c'est inutile... car il faudra bien que j'avoue ma position à ma mère.

Le curé eut un soubresaut qui fit rouler son fauteuil en arrière. — Ah ça ! s'écria-t-il décontenancé, de quoi s'agit-il donc et qu'as-tu fait ?

— Je crois, soupira la pauvre enfant, je crois que je suis... que je suis comme Hélène Laheyrard.

Elle se couvrit la figure de ses mains. L'abbé Volland effaré se dressa debout sur ses jambes courtes. — Hein ! grommela-t-il, que me contes-tu là ? as-tu perdu l'esprit ?... Voyons, mon enfant, explique-toi plus clairement et avec une pleine franchise... Qu'est-il arrivé ? Les fautes de la nature de celles dont tu parles ne se commettent point par pensée, ni même par désir... On ne pèche pas de cette façon-là... toute seule.

Le curé s'épongea le front, car cet interrogatoire délicat le faisait suer à grosses gouttes.

— Je n'étais pas seule, reprit Georgette ; —
puis, fondant en larmes et devenant tout à
coup plus expansive : — Ah ! monsieur le
curé, je suis bien perdue, allez !

— Sainte Vierge ! s'écria le pauvre curé en
joignant les mains, quel est le vaurien assez
criminel pour ?...

— M. Marius Laheyrard.

— Marius !... Encore !... mais il y a donc une
fatalité sur cette famille !... Enfin, malheureuse
enfant, dis-moi tout ; il n'est plus temps de rien
cacher maintenant. Où cela s'est-il passé ?

— Sur l'escalier de M. Corrard, sanglota
Georgette.

— Sur un escalier ?... Impudence éhontée !
s'écria l'abbé confondu ; enfin quoi ? comment ?... parle !

Et lambeaux par lambeaux, il arracha la
naïve confidence de mademoiselle Grandfief.
Elle avoua tout, en tremblant comme la feuille :
la cour assidue, encouragée, que lui avait faite
Marius, l'après-midi, dans la vigne, la légère
griserie du souper, le baiser enfin, le terrible
baiser sur les lèvres, — et le plaisir qu'elle y
avait pris.

— Et puis ? grogna l'abbé indigné.

— C'est tout, murmura Georgette noyée dans ses larmes et sa confusion.

Le curé respira longuement, avec un soulagement profond. — Tu me dis bien toute la vérité ?

— Hélas ! oui, monsieur le curé.

Malgré la terreur qu'il avait éprouvée, l'abbé Voiland eut grand'peine à réprimer un sourire. Cette naïveté l'émerveillait. Il restait silencieux, contemplant la manche de sa soutane. A la fin il se retourna vers Georgette, qui attendait, confuse et larmoyante : — Ma chère enfant, dit gravement le curé, sèche tes yeux et rassure-toi. La Providence est miséricordieuse, la chose que tu crains n'arrive jamais... la première fois. Seulement tiens-toi sur tes gardes, car je ne répondrais plus de rien en cas de récidive.

Il se leva pour dissimuler une envie de rire et se promena de long en large, tandis que Georgette essuyait ses joues et se rasérénait un peu. — Cette affaire, continua-t-il, après avoir adressé une verte semonce à l'ingénue, n'en est pas moins profondément regrettable ; j'espère que ce mauvais sujet de Marius aura gardé le secret de ses fredaines, j'irai tantôt lui laver

la tête, et, Dieu merci ! nous éviterons ce nouveau scandale.

— C'est que, murmura humblement Georgette, quelqu'un était là qui nous a vus. — Elle
raconta la brusque apparition de Reine Lecomte.

— La peste ! ne put s'empêcher de maugréer
l'abbé Volland, voilà qui gâte tout !... Cette
petite fille a une langue de vipère, et elle a sans
doute déjà bavardé... Me voilà obligé maintenant d'en causer avec ta mère.

A ce seul mot, mademoiselle Georgette se
mit de nouveau à pleurer de façon à toucher
le cœur du curé. — Allons, dit-il en la ren-
voyant à demi-rassurée, ne te désole pas, je
prends tout sur moi, et je ferai en sorte que tu
ne sois pas grondée.

Le jour même, il se rendit à Salvanches, prit
madame Grandfief à part et lui conta l'affaire.
Dès les premiers mots, la vertueuse dame entra
dans une colère rouge contre Marius, jurant
qu'elle irait elle-même dénoncer son insolence
à la justice.

— Du calme ! reprit doucement l'abbé, dans
l'intérêt de Georgette il faudrait au contraire
éviter d'ébruiter cette déplorable histoire ;
malheureusement le silence n'est guère pos-

sible, la scène a eu un témoin ; Reine Lecomte, la couturière, a tout vu.

Cette révélation ne fit qu'allumer davantage le courroux de madame Grandfief. — Eh bien ! s'écria-t-elle, raison de plus pour signaler à la vindicte publique la violence injurieuse de ce débauché, et faire proclamer bien haut l'innocence de Georgette.

— Permettez, dit l'abbé, il faut voir les choses comme elles sont : M. Laheyrard est assurément fort coupable, mais Georgette a aussi quelques peccadilles à se reprocher ; elle m'a avoué qu'elle n'avait rien fait pour décourager ce jeune écervelé, au contraire...

— C'est impossible ! protesta madame Grandfief, ma fille a été trop bien élevée.

L'abbé secoua la tête et raconta tout ce que la jeune fille lui avait confessé. Madame Grandfief fut consternée. — Suis-je assez malheureuse ! reprit-elle après un long silence, une fille à laquelle je n'ai inculqué que de bons principes. Je vais devenir la risée de la ville... Que faire, monsieur le curé ?

— Il y aurait un moyen de remédier à tout le mal, hasarda l'abbé ; Georgette aime M. Laheyrard... mariez-les.

Madame Grandfief bondit, tout son orgueil

se révolta, et elle jeta les hauts cris. — Jamais! s'écria-t-elle; ma fille entrer dans une famille pareille, après la scandaleuse aventure de mademoiselle Laheyrard, j'en mourrais de honte...

— Eh! madame, répliqua le curé, qui vous dit qu'Hélène soit coupable? Ce qui vient de se passer devrait vous enseigner l'indulgence. Georgette est innocente, et cependant demain elle peut se trouver atteinte par les mêmes absurdes calomnies... Croyez-moi, faites la part du feu et assoupissez tout cela par un mariage.

— Je jetterais plutôt ma fille au fond d'un couvent! répondit l'inflexible matrone en tournant toute sa colère contre Georgette, c'est une enfant dénaturée, et je veux la punir.

— Elle est assez punie par la peur qu'elle a eue, riposta le curé; le mieux est d'éviter un scandale et d'agir en mère prudente...

— Un mariage dans de pareilles conditions, quand ma fille a refusé des partis superbes!... Non, c'est impossible.

— Enfin, conclut l'abbé en prenant son chapeau et en faisant sa révérence, réfléchissez encore, pesez le pour et le contre... Je reviendrai vous voir demain.

XIX

Pendant que ces choses se passaient à Salvanches, M. de Seigneulles avait enfin réparé les désordres causés par l'application inconsidérée des quarante sangsues. Dès qu'il fut rétabli, il prit l'un des premiers trains et atteignit Paris sans encombre à la nuit tombante. Il s'installa rue Saint-Dominique, dans un antique et silencieux hôtel meublé, où il avait logé sous la Restauration ; puis, le lendemain matin, coiffé de son chapeau aux larges ailes, emprisonné dans sa longue redingote et cravaté de blanc, il se dirigea gravement vers l'institution où s'était réfugiée Hélène Laheyrard.

Ce pensionnat de madame Le Mancel était situé dans cette partie solitaire de la rue de

Vaugirard qui avoisine le boulevard Montparnasse.

Le chevalier n'avait pas fait trente pas le long des grands murs de ce quartier désert, qu'il s'arrêta avec les marques d'une violente surprise. Il se fit un abat-jour de l'une de ses mains et lâcha un juron énergique en procédant à l'inspection d'un promeneur matineux, dont la figure était à demi cachée par le col relevé de son pardessus, et qui n'était autre que Gérard. Le jeune homme, adossé au mur, contemplait mélancoliquement une haute porte cochère peinte en vert, au-dessus de laquelle on lisait : *Institution de madame Le Mancel, fondée en* 1838. — Derrière cette porte, dans la cour qui précédait la maison, deux grands platanes secouaient leurs ramures à demi effeuillées, entre lesquelles on apercevait un corps de logis aux fenêtres closes.

— Sangrebleu! monsieur, s'écria le chevalier en secouant l'épaule du rêveur, absorbé dans sa contemplation, je vous trouverai donc toujours là où vous ne devez pas être!

Gérard tressaillit en reconnaissant M. de Seigneulles, mais reprenant rapidement possession de son sang-froid : — Mon père, commença-t-il...

— Que diantre êtes-vous venu faire ici ? interrompit impétueusement le chevalier.

— Réparer mes torts.

— Vous avez revu cette demoiselle ?

— Non, répliqua piteusement Gérard : pendant les huit premières journées de mon séjour elle était malade, et je n'ai pu la voir ; aujourd'hui qu'elle est rétablie, on refuse de me laisser entrer.

— On a parbleu bien raison, et votre insistance est déplacée... C'est à moi de voir mademoiselle Laheyrard, riposta M. de Seigneulles en soulevant le marteau de la porte verte.

— Permettez-moi d'entrer avec vous ! murmura le jeune homme d'une voix suppliante.

— Non certes !

La porte s'était entre-bâillée ; Gérard saisit son père par le bras : — Mon père, vous allez voir Hélène, soyez bon pour elle, ne me réduisez pas au désespoir !

— Mule du pape ! Allez-vous me donner des leçons de convenance ?... Mêlez-vous de vos affaires et retournez à la maison. — Le chevalier parlait absolument comme si la rue de Vaugirard n'eût pas été à soixante lieues de la rue du Tribel. — Ou plutôt, reprit-il après un

16

moment d'hésitation, attendez-moi ici, sur le trottoir.

M. de Seigneulles pénétra dans la cour, et la lourde porte se referma. Il avait préparé un billet sur lequel il avait écrit de sa grosse écriture bâtarde : « Le chevalier de Seigneulles désire avoir un entretien avec mademoiselle Laheyrard. » Il chargea le concierge de le faire tenir à la jeune fille, et un quart d'heure après il fut introduit dans une petite pièce où travaillait Hélène. Une étagère garnie de livres, quelques chaises de paille, une table sur laquelle une rose de l'arrière-saison s'épanouissait dans un verre, composaient le simple ameublement de cette chambre où le chevalier fit son entrée solennellement, la tête droite dans sa cravate blanche, le sourcil froncé et la bouche pincée.

Hélène, encore toute troublée par l'annonce de cette visite inattendue, se tenait debout près de la table. Ses beaux cheveux bouclés, dont l'indépendante désinvolture avait jadis si fort scandalisé M. de Seigneulles, étaient renoués par un ruban bleu et encadraient discrètement sa figure pâlie.

— Mademoiselle, commença brusquement le chevalier, je suis M. de Seigneulles. —

Hélène s'inclina. — Je n'ai jamais transigé avec mon devoir, continua-t-il, et, bien que dans cette malheureuse affaire vous ayez eu les premiers torts...

— Monsieur, interrompit-elle avec vivacité, vous êtes cruel !... Je me sens assez punie moi-même en me séparant de tous ceux que j'aime, et vous devriez m'épargner des reproches, même mérités.

Le chevalier eut un mouvement de surprise. La charmante voix d'Hélène le pénétrait malgré lui, et amollissait d'une étrange façon les dures fibres de ce cœur résistant comme le vieux chêne. Il releva les yeux et ne put s'empêcher d'admirer l'attitude digne et simple de la jeune fille. Il s'était attendu à des airs évaporés, à des récriminations ou à une scène de larmes, et il restait étonné de la contenance à la fois fière et résignée de son interlocutrice.

— Laissez-moi finir, reprit-il, vous ne m'avez pas compris. Votre conduite personnelle ne me regarde pas, mais j'ai le devoir de m'inquiéter de celle de mon fils et de réparer ses sottises. Je suis gentilhomme, et je tiens à l'honneur de ma famille.

— Pardon, monsieur, dit Hélène, je ne comprends pas davantage.

— Je vais m'expliquer plus clairement, répliqua le chevalier impatienté du peu de perspicacité de mademoiselle Laheyrard ; et, comme il n'avait pas l'art des nuances, il ajouta d'un air grognon : — Mon fils vous a fait du tort, et nous vous devons un dédommagement.

— Un dédommagement ! murmura Hélène en le regardant avec stupéfaction.

— Oui, poursuivit-il, si dur que soit le sacrifice, nous avons, nous autres, l'habitude de payer nos dettes sans marchander.

Cette fois la jeune fille trembla d'avoir compris ; elle crut que M. de Seigneulles s'était mis en tête de lui offrir une compensation pécuniaire pour prix de son départ de Juvigny. Le rouge lui monta aux joues, et avec cette promptitude de parole qui lui était naturelle : — Ai-je bien entendu ? balbutia-t-elle indignée, que signifient ces mots de dette et de paiement ? Seriez-vous venu me proposer un marché ?..,

— Hein ? murmura M. de Seigneulles. — Ces derniers mots avaient réveillé toutes ses préventions. Il conservait à l'égard des Parisiens les méfiances du provincial qui craint toujours d'être dupe. Le naturel soupçonneux et finassier du Lorrain reprit le dessus. Il songea qu'il avait peut-être affaire à une de ces matoises personnes qui ne crient bien haut que pour donner plus de prix à leur résistance, et il résolut d'éprouver Hélène. — Il scruta de ses petits yeux gris les clairs regards de la jeune fille.

— Et quand cela serait? reprit-il avec aplomb.

— Ce serait pour moi la pire des punitions.

— Ainsi vous refuseriez mes offres, quelles qu'elles fussent?

— Oui certes, s'écria Hélène avec emportement, il faut que vous me jugiez bien mal! Je ne suis pas noble, mais j'ai le cœur aussi haut placé que vous autres... Pas un mot de plus, Monsieur, veuillez vous retirer.

Elle fit quelques pas vers la porte. Le chevalier, fort confus, mais enchanté intérieurement, la regardait avec une bienveillance croissante.

— Mais, sangrebleu! grommela-t-il, vous ne pouvez pourtant pas m'empêcher de réparer les offenses de mon fils?

— On n'offense pas les gens parce qu'on les aime, répondit-elle avec un sourire attristé, et les torts dont vous parlez sont imaginaires.

— Imaginaires? pas tant que cela, puisqu'ils vous ont forcée de quitter Juvigny.

— Ce départ était projeté depuis longtemps, et je n'ai fait que l'avancer de quelques semaines.

— Mais vous êtes partie... compromise.

— Aux yeux de quelques personnes qui me haïssent, peut-être ; mais à mes yeux et à ceux de mes amis, nullement... Eh quoi ? parce que j'ai aimé quelqu'un honnêtement, et parce que je me suis éloignée pour ne pas être un sujet de trouble dans la famille de celui que j'aimais, je serais compromise ? Non, monsieur, ma conscience est en repos et mon honneur est intact.

— Pardon, murmura le chevalier, ce n'est pas ce que disent là-bas vos meilleurs amis.

— Et que peut-on dire ? s'écria Hélène étonnée.

— On prétend, commença-t-il... mais la chose n'était pas commode à expliquer ; il s'arrêta, regarda un moment la charmante figure de la jeune fille, son front intelligent, ses yeux si limpides et si sincères, sa bouche si spirituelle, dont les lèvres pures et fermes semblaient n'avoir jamais laissé passer un mensonge. Le pauvre chevalier se sentit de plus en plus embarrassé. — Pardonnez-moi, reprit-il de sa voix la moins rude, si je m'appesantis sur ce sujet délicat ; mais je suis venu ici pour parler franchement. On est convaincu à Juvigny que mon fils, — et j'en rougis en vous le disant, — que Gérard n'a pas craint de vous compromettre gravement, et que, si vous avez quitté la ville, c'était pour cacher une faute...

A mesure qu'il parlait, les yeux d'Hélène semblaient s'agrandir démesurément ; elle rougit d'abord, puis tout à coup devint très pâle, sa gorge était serrée et ses lèvres blanches frémissaient. Ne pouvant articuler un mot, elle fit un geste pour supplier le chevalier de s'arrêter ; puis elle s'assit près de la table, la figure bouleversée et le regard fixe. — Moi?... moi?... murmura-t-elle.

M. de Seigneulles, inquiet, la regardait, et commençait à regretter de lui avoir parlé si rudement. L'ancien garde du corps s'était trouvé plus à l'aise en 1830, en face des barricades, qu'en tête à tête avec cette jeune fille abîmée dans sa douleur muette. Il y avait une telle sincérité dans l'exclamation d'Hélène, une telle expression d'honnêteté dans tous ses traits, que le chevalier eut honte d'avoir cru si facilement aux bavardages de Juvigny.

— Mademoiselle ! hasarda-t-il timidement.

Hélène tressaillit. — O mon père ! pauvre

père ! s'écria-t-elle. — La pensée du désespoir
de M. Laheyrard, s'il apprenait cette calomnie,
souleva brusquement les flots de douleur
qu'elle essayait de comprimer. Sa poitrine se
gonfla, ses yeux se mouillèrent, et elle éclata en
sanglots. C'était un de ces chagrins naïfs et
désordonnés comme en ont les enfants, un
orage de larmes qui menaçait de ne plus s'arrêter.

M. de Seigneulles se sentait profondément
remué par cette scène de désolation. Se souve-
nant de l'après-midi où il avait été témoin de
la tendresse de la jeune fille pour son père,
il se rappela combien cet amour était touchant,
et il comprit tout ce qu'il y avait de douloureuse angoisse dans ce cri poussé par Hélène.
— Sa première pensée a été pour son père,
songea le chevalier, décidément je l'avais mal
jugée. — Il se rapprocha d'un air repentant et
attendri. Au même instant, la jolie tête blonde
d'Hélène, cédant au poids de cette affliction
trop lourde, se renversa en arrière, et M. de
Seigneulles crut qu'elle allait se trouver mal.
Éperdu, ne sachant plus que faire, l'inflexible
chevalier s'agenouilla précipitamment devant
la jeune fille, et soudain, courbant son altière
tête grise, avec les précautions minutieuses et

tendres d'un père pour son enfant malade, il déposa un baiser sur la main de mademoiselle Laheyrard.

— Pardon ! dit-elle à travers ses larmes, ç'a été plus fort que moi... Le coup était si violent, si inattendu ! J'ai tout de suite songé au mal que ces méchancetés feraient à mon père... J'ai donc été bien étourdie pour qu'on ait pu imaginer pareille chose?... Je vous en prie, monsieur ! ne croyez pas que je me sois oubliée à ce point. L'amour de votre fils pour moi a toujours été aussi dévoué que respectueux, je vous le jure, et lui-même vous l'affirmera... Pourquoi ne vous l'a-t-il pas dit déjà ?

— Pourquoi? murmura le chevalier confus, dame! c'est que je ne l'ai pas laissé parler; je me suis emporté comme une soupe au lait, et je suis parti. Mais, reprit-il gravement, sa parole est inutile, je vous crois, mademoiselle, et je mets à vos pieds mes plus humbles excuses.

Hélène essuya ses yeux humides, et s'apercevant tout à coup que le chevalier avait un genou en terre, elle lui tendit la main pour le forcer à se relever. — Vous n'avez pas d'excuses à me faire, monsieur de Seigneulles, c'est moi qui ai à vous demander pardon d'avoir follement troublé votre repos et contrarié vos désirs.

Le chevalier fit un superbe geste d'abnégation. — Il faut être indulgent avec moi, poursuivit-elle en tournant vers lui ses grands yeux, j'ai été si mal élevée! Quand je suis arrivée à Juvigny, je me figurais que tout m'était permis, — ma mère s'occupait à peine de moi, — et mon père, ajouta-t-elle avec un pâle sourire, n'était pas sévère comme tant d'autres... Il m'a terriblement gâtée!

— Aussi, vous l'aimez, lui! soupira M. de Seigneulles.

— Oh! oui, et une de mes tristesses de chaque jour, c'est de ne pouvoir plus l'embrasser comme autrefois.

— Patience, vous vous dédommagerez au retour.

Hélène secoua tristement la tête. — Je ne retournerai plus à Juvigny, dit-elle d'une voix ferme.

— A d'autres! s'exclama le chevalier, je vous y forcerai bien.

— Vous, monsieur?... — Elle le regardait avec stupéfaction.

— Moi, certainement... Vous imaginez-vous que je me sois fait cahoter huit heures dans ce

maudit chemin de fer uniquement pour venir
vous tirer des larmes? Ne comprenez-vous pas
pourquoi je suis ici?

La figure d'Hélène s'éclairait peu à peu, et
la stupeur y faisait place à une émotion qui
n'avait plus rien de pénible. — Mais, monsieur, balbutia-t-elle, je crois... je ne sais. .

— N'aimez-vous plus mon fils?

Elle rougissait, et ses lèvres s'agitaient sans
trouver une parole. — Ne me répondez pas!
s'écria le fougueux chevalier, attendez, je re-
viens!

Il s'élança hors de la chambre, descendit
quatre à quatre l'escalier et alla retrouver
Gérard qui se morfondait en proie à toutes les
transes de l'attente. — Suivez-moi! com-
manda M. de Seigneulles d'un ton impétueux.

Le jeune homme et son père remontèrent
lentement l'escalier, au grand ébahissement
des pensionnaires curieuses de l'institution
Le Mancel. Quand ils furent dans la petite
chambre où Hélène, debout et tremblante, se
demandait si elle avait rêvé, le chevalier s'inclina respectueusement devant elle : — Mademoiselle, dit-il, j'ai l'honneur de vous demander votre main pour mon fils Gérard de
Seigneulles ; puis, se retournant vers son fils :

— Allons, monsieur, ajouta-t-il, baisez la main de votre fiancée.

Il y eut un cri, un double cri de joie dans la petite chambre de la pension. Gérard s'était précipité sur les mains d'Hélène et les couvrait de baisers; le soleil lui-même se mettait de la fête; le brouillard d'octobre s'était déchiré, et un gai rayon clair, passant à travers les rideaux, courait sur les boucles blondes de la jeune fille, sur les pétales de la rose épanouie et sur la tête de Gérard, incliné devant celle qu'il aimait. Dans un coin, l'austère chevalier contemplait cette scène d'amour, écoutait le bruit des caresses et sentait un singulier enrouement le prendre à la gorge... Il vit le moment où les pleurs allaient lui monter aux yeux, et, honteux de cette émotion envahissante, il essaya de la renfoncer dans sa poitrine avec un juron : — Sangrebleu! grommela-t-il.

Cette exclamation fit relever la tête à Hélène; arrachant ses mains aux caresses de Gérard, elle lui montra son père avec un rapide signe des yeux.

Le jeune homme comprit, s'élança vers le vieux gentilhomme qu'il serra dans ses bras, et pour la première fois une étreinte de véri-

table et chaude tendresse unit M. de Seigneulles et son fils...

L'émoi fut grand à Juvigny, quand les curieux qui flânaient devant l'hôtel de la Rose
d'Or, attendant l'arrivée de l'omnibus du
chemin de fer, en virent descendre un matin
Gérard, suivi d'Hélène et du chevalier. M. de
Seigneulles, rajeuni de dix ans et se redressant
de toute la hauteur de sa taille, offrit galamment le bras à Hélène ; Gérard, dont la figure
radieuse annonçait le bonheur, se tint à côté
de la jeune fille, et tous trois gagnèrent lentement la ville haute par la montée de l'Horloge,
tandis que les boutiquiers se penchaient sur le
pas de leur porte pour les voir passer. L'attitude respectueuse du chevalier et le visage épanoui de Gérard indiquaient assez clairement
quel serait le dénouement de toute cette aventure ; mais si quelque esprit fort eût encore
conservé des doutes, les mines triomphantes de
Mme Laheyrard au lendemain du retour de sa
fille auraient suffi pour les dissiper. La femme
de l'inspecteur éclatait dans sa peau, tant la
vanité l'avait prodigieusement gonflée ; son humeur loquace ne pouvait plus se contenir et se
répandait en confidences banales et bruyantes.

Par un revirement assez fréquent dans le
monde des petites villes, où l'on est fort cour-
tisan du succès, les préventions amassées
contre Hélène firent place à un subit engoue-
ment. Ce fut à qui protesterait bien haut contre
l'absurdité des calomnies publiées sur son
compte, et chacun voulut avoir, dès le premier jour, prédit l'heureuse conclusion des
amours de Gérard ; Magdelinat lui-même se
flatta d'y avoir aidé. Comme un bonheur ne
vient jamais seul, la nouvelle du mariage
d'Hélène acheva de triompher des scrupules
de Mme Grandfief ; elle fit contre fortune bon
cœur, agréa Marius pour le mari de Georgette,
et de cette façon l'aimable abbé Volland eut la
joie de bénir les deux couples l'un après
l'autre.

A partir de cette cérémonie, le vernis poétique de Marius, qui n'existait qu'à fleur d'épi-
derme, s'est écaillé rapidement ; les dessous
bourgeois ont reparu, et l'auteur des *Poèmes
orgiaques* est devenu un honnête philistin,
faisant ses quatre repas, se couchant tôt et
« dormant fort bien sans gloire. » Sous la
chaude influence de l'amour d'Hélène et de
Gérard, le sombre logis du chevalier s'est aussi
métamorphosé : les vieilles maisons où l'on

s'aime rajeunissent, et M. de Seigneulles lui-
même s'y est senti reverdir ; mais le plus sur-
prenant effet de ces deux joyeux mariages,
c'est qu'ils en ont déterminé un troisième
auquel on ne s'attendait guère, celui de Finoël.
De dépit, le bossu s'est décidé à épouser
l'adroite et coquette Reine Lecomte. Depuis
lors tout lui réussit, il est fort heureux et il a
beaucoup d'enfants.

FIN

ÉMILE COLIN ET Cⁱᵉ — IMPRIMERIE DE LAGNY

Auteurs Célèbres
à 60 centimes le volume

En jolie reliure spéciale à la collection, 1 franc le volume

Le but de la collection des *Auteurs célèbres*, à 60 *centimes* le volume, est de mettre entre toutes les mains de bonnes éditions des meilleurs écrivains modernes et contemporains.

Sous un format commode et pouvant en même temps tenir une belle place dans toute bibliothèque, il paraît chaque quinzaine un volume.

CHAQUE OUVRAGE EST COMPLET EN UN VOLUME

---

a

Bibliothèque des Arts appliqués aux Métiers

La Science et l'Outil. — L'Éducation manuelle
Collection nouvelle in-8° carré, richement illustrée
Prix de chaque volume, broché, **3 fr. 50**. — Reliure artistique, **4 fr. 50**

LA DÉCORATION DU CUIR

Sculpture – Modelage – Ciselure – Patinage – Mosaïque par superposition
ENSEIGNEMENT TECHNIQUE DES FORMULES ET TOURS DE MAIN
Par Georges DE RÉCY, amateur praticien
Un volume illustré de 135 planches ou figures

DÉCOR PAR LA PLANTE

L'Ornement et la Végétation. — Théorie décorative et applications industrielles
Par Alfred KELLER
Un volume illustré de 685 dessins exécutés par l'Auteur

DENTELLE ET GUIPURE

Anciennes et Modernes. — Imitations ou Contrefaçons
Par Auguste LEFÉBURE
Un volume in-8° carré, illustré de 260 planches ou figures

HENRY HAVARD

L'Art et le Confort dans la Vie moderne
LE BON VIEUX TEMPS

Un volume in-8°, illustré de nombreuses planches et figures

LA CÉRAMIQUE FRANÇAISE

Décoration et Réparation des Faïences, Porcelaines, Terres cuites, Biscuits
Comment discerner les genres de fabrication
Par Roger PEYRE
Un volume illustré de nombreuses pièces reproduites et de 800 marques

Les Monstres dans l'Art .

Êtres humains et animaux, bas-reliefs, rinceaux, fleurons, etc.
Par Edmond VALTON
Accompagnés de 432 planches ou figures

BIBLIOTHÈQUE POUR TOUS

à 75 centimes le volume broché
En jolie reliure spéciale . . . . 1 fr. 25

(Chaque ouvrage est orné de nombreuses figures dans le texte)

C. KLARY

MANUEL DE PHOTOGRAPHIE
POUR LES AMATEURS

Désiré SCRIBE

LE PETIT SECRÉTAIRE PRATIQUE

CHRISTIE et CHAREYRE

L'ARCHITECTE-MAÇON

G. CORNIÉ

MANUEL PRATIQUE ET TECHNIQUE DU VÉLOCIPÈDE

Aristide POUTIER

MANUEL DU MENUISIER-MODELEUR

L. TERRODE

MANUEL DU SERRURIER

BIBLIOTHÈQUE POUR TOUS (*Suite*).

J. VILLARD

MANUEL DU CHAUDRONNIER EN FER

Baron BRISSE

PETITE CUISINE DES FAMILLES

Adhémar de LONGUEVILLE

MANUEL COMPLET DES JEUX DE CARTES

SUIVI DE

L'Art de tirer les cartes

L. C.

NOUVEAU GUIDE POUR SE MARIER

suivi du

Manuel du Parrain et de la Marraine

GAWLIKOWSKI

GUIDE COMPLET DE LA DANSE

E. SABATIER

MANUEL DE L'AGRICULTEUR

E. VIGNES

L'ÉLECTRICITÉ CHEZ SOI

LES PIÈCES A SUCCÈS
Publication illustrée de simili-gravures, tirage de luxe sur papier couché

Prix de chaque fascicule grand in-8°, **60** cent.

La collection des **PIÈCES A SUCCÈS** *ne contient, en effet, que des œuvres qui ont été jouées et qui ont bien mérité leur titre.*

Dans ces Pièces on a pu établir comme une sorte de classement. Certaines peuvent être représentées **intégralement** *par de très jeunes gens dans des institutions, d'autres dans les salons, etc.*

	Hommes	Femmes
Peuvent être jouées dans les institutions :		
Le Gendarme est sans pitié, par Georges Courteline et Norès	4	»
Le Sacrement de Judas, par Louis Tiercelin	4	1
Monsieur Badin, par Georges Courteline	3	»
La Soirée Bourgeois, par Félix Galipaux	2	1
Le Commissaire est bon enfant, par G. Courteline et Jules Lévy	7	1
Les Oubliettes, par Bonis-Charancle	4	1
Capsule, par Félix Galipaux	2	1
Peuvent être jouées dans tous les salons, intégralement ou avec de légères modifications :		
Silvérie, par Alphonse Allais et Tristan Bernard	2	1
Mon Tailleur, par Alfred Capus	1	2
Les Affaires Étrangères, par Jules Lévy	2	3
Le Seul Bandit du Village, par Tristan Bernard	4	2
La Visite, par Daniel Riche	2	1
La Fortune du Pot, par Jules Lévy et Léon Abric	2	2
Service du Roi, par Henri Pagat	3	2
L'Inroulable, par Pierre Wolf	1	2
Conviennent plus spécialement aux théâtres libres :		
Lui, par Oscar Méténier	2	2
La Cinquantaine, par Georges Courteline	1	1
Le Ménage Rousseau, par Léo Trézenik	1	4
En Famille, par Oscar Méténier	3	2

PIÈCES A SUCCÈS (*Suite*)

	Hommes	Femmes
Monsieur Adolphe, par Ern. Vois et Alin Monjardin.	2	2
La Casserole, par Oscar Méténier	8	3
La Revanche de Dupont l'Anguille, par Oscar Méténier (*Prix* 1 fr. 20)	10	3
Une Manille, par Ernest Vois	5	1
Caillette, par H. de Gorsse et Ch. Meyreuil	4	2
Paroles en l'air, par Pierre Veber et L. Abric . . .	5	3
L'Extra-Lucide, par Georges Courteline	1	1
Trop Aimé, par Xanrof.	1	1
Le Portrait (1 acte en vers) par Millanvoye et Cressonois	2	2
L'Ami de la Maison, par Pierre Veber	3	2
Les Chaussons de Danse, par Auguste Germain . .	2	2
Dent pour Dent, par H. Kistemaeckers	3	1
Petin, Mouillarbourg et Consorts, par Georges Courteline	7	1
Grandeur et Servitude, par Jules Chancel	5	1
La Berrichonne, par Léo Trézenik	3	3
Un verre d'eau dans une tempête, par L. Schneider et A. Sciama	1	2
L'Affaire Champignon, par G. Courteline et P. Veber.	7	2
Le Pauvre Bougre et le Bon Génie, par Alph. Allais.	2	1
Les Crapauds. La Grenouille, par Léon Albric . .	2	1
Les Cigarettes, par Max Maurey.	3	1
Nuit d'été, par Auguste Germain	2	2
La Huche à pain (1 acte en vers), par J. Redelsperger	5	2
Si tu savais, ma chère, par Jules Lévy	1	3
La Grenouille et le Capucin, par Franc-Nohain . .	2	1
Le Coup de Minuit, par H. Delorme et Francis Gally.	2	3
Cher Maître, par Xanrof	3	1
Ceux qu'on trompe, par Grenet-Dancourt	2	2
Un Bain qui chauffe, par Pierre Veber.	2	2
Blancheton père et fils, par G. Courteline et P. Veber.	11	4
Un Début dans le monde, par Max Maurey et P. Mathiex.	1	5
Pour la Gosse, par Jules Lévy	3	3

Joli emboîtage pour 25 pièces. . . . *Prix : 2 fr. 50*

Collection Illustrée d'Ouvrages Utiles

Chaque Volume du format in-18, cartonnage élégant. — Prix 3 fr.

ARNOUS DE RIVIÈRE

TRAITÉ POPULAIRE du JEU DE BILLARD

Un volume illustré

J. DYBOWSKI

GUIDE DU JARDINAGE

Un volume illustré

C. KLARY

GUIDE DE L'AMATEUR PHOTOGRAPHE

Avec illustrations. — Un volume

PAUL BICHET

L'ART ET LE BIEN-ÊTRE CHEZ SOI

GUIDE ARTISTIQUE ET PRATIQUE

200 illustrations d'HENRIOT. — *1 Volume.*

LE LIVRE DES JEUX

Dominos, Cartes, Dames, Échecs, Jeux de Société, en plein air, etc.

Nombreuses illustrations d'HENRIOT. — **1 volume**

J. SOILLOT

Cours Théorique et Pratique de Comptabilité

1re et 2e parties . . . . 1 volume

3e et 4e parties. . . . . 1 volume

CHARLES DIGUET

GUIDE DU CHASSEUR

Illustrations et portrait par KAUFFMANN. — **1 volume**

OUVRAGES UTILES (*suite*)

FISCH-HOOK
LE LIVRE DU PÊCHEUR
Avec nombreuses illustrations. — Un volume.

BARON BRISSE
LA CUISINE
des ménages bourgeois et des petits ménages
Un fort volume in-18 avec de nombreuses figures
et 200 Recettes utiles

LE SECRÉTAIRE
1 volume illustré par HENRIOT
Lettres officielles, lettres de jour de l'an, etc.

Dr CAMBOULIVES
L'HOMME et la FEMME A TOUS LES AGES de la VIE
4e Edition augmentée d'un Chapitre sur la **VIE FUTURE**
Un volume in-18 illustré de 25 figures

CHARLES ET ALEXANDRE DUCHIER
LA LOI POUR TOUS
LE PRÉVOYANT EN AFFAIRES. — Un volume

Y. SAINT-BRIAC
LA CUISINE VÉGÉTARIENNE
Un joli volume in-16 . . . . **2 fr. 50**

VICOMTESSE NACLA
DICTIONNAIRE DES 36.000 RECETTES
Un fort volume in-32

DICTIONNAIRE RUSTIQUE ILLUSTRÉ
Un volume in-18

b

COLLECTION DE ROMANS

à 1 fr. 25 le volume

HECTOR MALOT (60 volumes)

Le Lieutenant Bonnet. 1 vol.
Suzanne. . . . . 1 —
Miss Clifton. . . . . . 1 —
Clotilde Martory. . . . 1 —
Marichette . . . . . . 2 —
Pompon. . . . . 1 —
Un Curé de province.. 1 —
Un Miracle . . . . . . 1 —
Romain Kalbris. . . . 1 —
La Fille de la Comé-
    dienne . . . . . . 1 —
L'Héritage d'Arthur . . 1 —
Le Colonel Chamber-
    lin. . . . . 1 —
La Marquise de Luci-
    lière . . . . 1 —
Ida et Carmélita. . . . 1 —
Thérèse. . . . . 1 —
Le Mariage de Juliette 1 —
Une Belle-Mère. . . . 1 —
Séduction. . . . . . . 1 —
Paulette. . . . . 1 —
Bon jeune Homme . . 1 —
Comte du Pape . . . . 1 —
Marié par les prêtres. 1 —
Cara. . . . . 1 —
Vices français. . . . . 1 —
Raphaëlle . . . . . . 1 —
Duchesse d'Arvernes.. 1 —
Corysandre . . . . . . 1 —

Anie. . . . . 1 vol.
Les Millions honteux.. 1 —
Le Docteur Claude. . . 2 —
Le Mari de Charlotte.. 1 —
Conscience . . . . . . 1 —
Justice . . . . 1 —
Les Amants. . . . . . 1 —
Les Époux. . . . . . . 1 —
Les Enfants. . . . . . 1 —
Les Amours de Jacques 1 —
La Petite Sœur . . . . 2 —
Femme d'argent. . . . 1 —
Les Besoigneux. . . . 2 —
Une Bonne Affaire. . . 1 —
Mère . . . . 1 —
Mondaine . . . . 1 —
Un Mariage sous le se-
    cond Empire . . . . 1 —
La Belle Madame Donis 1 —
Madame Obernin . . . 1 —
Micheline . . . . 1 —
Le Sang bleu . . . . . 1 —
Baccara. . . . . 1 —
Un Beau-Frère . . . . 1 —
Zyte. . . . . 1 —
Ghislaine . . . . 1 —
Mariage riche. . . . . 1 —
Complices. . . . . . . 1 —
Amours de vieux . . . 1 —
Amours de jeunes. . . 1 —

Romans à 1 fr. 25 le Volume (*Suite*)

EUGÈNE SUE (*43 volumes*)

Les Sept Péchés capitaux. . . . . 5 vol.
Les Mystères de Paris. 4 —
Mathilde (Mémoires d'une jeune femme). . 4 —
Le Juif Errant. . . . . 4 —
Les Misères des Enfants trouvés . . . . . . 4 —
La Coucaratcha . . . 1 —
La Famille Jouffroy. . 3 —
La Salamandre . . . . 1 —
Latréaumont. . . . . . 1 —
La Vigie de Koat Ven. 2 —
Le Commandeur de Malte . . . . 1 —

Le Morne au Diable. . 1 vol.
Les Enfants de l'amour 1 —
Les Mémoires d'un mari 2 —
Les Fils de famille . . 2 —
Deux Histoires (1772-1810) . . . . 1 —
Arthur, journal d'un inconnu. . . . . . . 2 —
Miss Mary. . . . . . . 1 —
Paula Monti. . . . . . 1 —
Plick et Plock. — Atar-Gull. . . . . 1 —
Thérèse Dunoyer . . . 1 —

ALEXIS BOUVIER (*54 volumes*)

Chochotte. . . . . . . 2 vol.
Les Seins de marbre. . 1 —
La Belle Olga . . . . . 1 —
Les Chansons du peuple 1 —
Mlle Beaubaiser, sage-femme. . . . . . . 1 —
Une Femme toute nue. 1 —
Ninie . . . . 1 —
La Petite Baronne . . 1 —
Les Yeux de velours. . 1 —
Les Amours de sang. . 1 —
Le Fils de l'amant. . . 1 —
Veuve et vierge. . . . 1 —
Les Créanciers de l'é-chafaud. . . . . . . 2 —
La Princesse Saltim-banque . . . . 2 —
La Rousse. . . . . . . 1 —
Le Domino rose. . . . 1 —
L'Armée du crime. . . 1 —
Lolo. . . . . 2 —
La Femme du mort. · 2 —
La Grande Iza. . . . . 2 —
Iza, Lolotte et Cie. . . 1 —

Iza-la-Ruine. . . . . . 1 vol.
La Mort d'Iza . . . . . 2 —
La Petite Duchesse . . 2 —
Le Bel Alphonse. . . . 2 —
La Sang brûlé. . . . . 1 —
Les Pauvres. . . . . . 1 —
Le Club des Coquins. , 1 —
Mademoiselle Olympe . 1 —
Les Soldats du déses-poir. . . . . 1 —
Histoire d'une jolie fille (Bayonnette) . . . . . 2 —
La Belle Grêlée . . . . 2 —
Mademoiselle Beau-Sourire . . . . 1 —
Malheur aux pauvres. . 1 —
Le Mariage d'un forçat 1 —
Le Drame de Saint-Cyr (La Bouginotte) . . . 2 —
Étienne Marcel . . . . 1 —
Amour, Misère et Cie. 1 —
Le Mouchard . . . 2 —
Le Fils d'Antony . . . 2 —

Capitaine DANRIT

LA GUERRE FATALE

(France-Angleterre)

GRANDE PUBLICATION ILLUSTRÉE PAR L. COUTURIER

I. **A BIZERTE.** Un beau volume in-8º jésus, illustré :
Prix, broché, **5** fr.
Relié toile, tranches dorées, plaque, **8** fr.

II. **EN SOUS-MARIN.** Un beau volume in-8º jésus illustré :
Prix broché, **5** fr.
Relié toile, tranches dorées, plaque, **8** fr.

III. **EN ANGLETERRE.** Un beau volume in-8º jésus illustré :
Prix broché, **5** fr.
Relié toile, tranches dorées, plaque, **8** fr.

Les 3 parties en un seul volume : Prix, relió, 20 fr.

Collection in-18 jésus, à 3 fr. 50 le Volume.

La Guerre de demain. Dessins et couvertures en couleurs de P. de Sémant. (Ouvrage couronné par l'Académie française) :

— *La Guerre de Forteresse*	2 vol.
— *En Rase Campagne*	2 vol.
— *En Ballon.*	2 vol.

La Guerre fatale. — *France-Angleterre*, édition illustrée par L. Couturier et H.-P. Dillon.

— *A Bizerte.*	1 vol.
— *En sous-marin*	1 vol.
— *En Angleterre*	1 vol.

DANRIT et DE PARDIELLAN

Le Journal de guerre du *Lieutenant Von Piefke*. . . .	2 vol.

(Contre-partie de la « Guerre de Forteresse » racontée par un officier allemand.)

Capitaine DANRIT

L'INVASION JAUNE

Grande publication illustrée par G. DUTRIAC,

1re partie : La Mobilisation Sino-Japonaise

1 volume in-8° illustré, *Prix : broché.* **4 50**

Relié toile, plaque, tranches dorées **7 50**

2e partie : **A travers l'Europe**

1 volume, in-8° illustré, *Prix* **7 50**

Relié toile, plaque, tranches dorées **10 50**

Les deux parties réunies en un volume.

Prix broché . . . . **12** »

Relié toile, plaque, tranches dorées . . . . . **15** »

L'INVASION NOIRE

LA GUERRE AU VINGTIÈME SIÈCLE

GRANDE PUBLICATION, ILLUSTRÉE PAR PAUL DE SÉMANT

1re partie : **Mobilisation Africaine.**

2me partie : **Concentration, Pélerinage à La Mecque.**

3e partie : **A travers l'Europe.**

4me partie : **Autour de Paris.**

Prix de chaque volume grand in-8° jésus: **4 fr.**

Souscription permanente des ouvrages ci-dessus et de
la *Guerre Fatale* in-8° en livraisons à **10** cent. et en séries à **50** cent.

Œuvres d'Alphonse DAUDET

à 3 fr. 50 le Volume

Œuvres
de
Camille FLAMMARION
à 3 fr. 50 le volume

Ouvrages de la Baronne STAFFE

Publiés dans le format in-18 jésus

Prix du volume broché. 3 fr. 50 — Cartonnage spécial, en plus. 0 fr. 50

ÉDITIONS REVUES, CORRIGÉES ET AUGMENTÉES

Usages du monde. Règles du savoir-vivre dans la Société moderne. — *Naissance.* — *Baptême.* — *Le Mariage.* — *Les Visites.* — *La Conversation.* — *Les Diners, etc..* . . . . 1 vol.

Le Cabinet de Toilette. — *Agencement.* — *Soins corporels.* — *Conseils et Recettes.* — *Bijoux, etc.* 1 vol.

La Maîtresse de Maison et l'Art de recevoir chez soi — *L'entrée en ménage.* — *La Femme d'intérieur.* — *Les Secrets de la ménagère, etc.* . . . . . . 1 vol.

Traditions culinaires. — *L'Art de manger toutes choses à table.* . . . . 1 vol.

La Correspondance dans toutes les circonstances de la vie. — *Enfance.* — *Premières amitiés.* — *Fiançailles.* — *Vie conjugale.* — *Vie sociale.* — *Serviteurs.* — *Lettres d'affaires, etc..* . . . . 1 vol.

Ouvrages de la Baronne STAFFE (*Suite*)

Mes Secrets. — *Pour plaire et pour être aimée.*   1 vol.

La Femme dans la Famille. — *La Fille.* — *L'Épouse.* — *La Mère*. . . . . 1 vol.

Pour augmenter son Bien-être. . . . . 1 vol.

Les Hochets féminins. — *Bijoux, Dentelles, Éventails, etc.* . . . . 1 vol.

Les 9 volumes reliés richement, réunis dans un étui
PRIX : **45** francs

OUVRAGES DE MADEMOISELLE ROSE

100 façons d'accommoder le veau. Un vol. in-16. . . . . . » **75**

100 façons de préparer les œufs. Un vol. in-16. . . . . . . » **75**

100   —   —   les pommes de terre. Un vol. in-16. » **75**

100   —   —   les potages. Un vol. in-16 . . . . . » **75**

100   —   —   les entremets sucrés. Un vol. in-16. ⁍ **75**

100   —   —   les plats froids. Un vol. in-16 . . . » **75**

100   —   d'accommoder les restes. Un vol. in-16. . . . . ⁌ **75**

100   —   de préparer les plats maigres. Un vol. in-16. . . » **75**

100   —   de préparer les sauces. Un vol. in-16. . . . . . » **75**

100   —   de préparer le gibier. Un vol. in-16. . . . . . . » **75**

100 façons de se guérir (accidents et petites maladies). Un vol. in-16. . . . . » **75**

Émile ANDRÉ

100 COUPS DE JIU-JITSU

1 vol. in-16 illustré. . . . . Prix. **1 fr. 25**

---

100 FAÇONS DE SE DÉFENDRE DANS LA RUE SANS ARMES

1 vol. in-16 illustré . . . . Prix. **75 cent.**

---

100 FAÇONS DE SE DÉFENDRE DANS LA RUE AVEC ARMES

1 vol. in-16 illustré . . . . Prix. **75 cent.**

Baronne STAFFE

INDICATIONS PRATIQUES POUR RÉUSSIR
dans le Monde et dans la Vie

1 vol. in-16 . . . . Prix. **75 cent.**

H.-L.-Alphonse BLANCHON

100 FAÇONS D'AUGMENTER SES REVENUS
pendant ses loisirs

1 vol. in-16 . . . . Prix. **75 cent.**

P.-J. PROUDHON

IDÉE GÉNÉRALE DE LA RÉVOLUTION AU XIXe SIÈCLE

1 vol. in-18 . . . . Prix. **1 fr. 25**

Œuvres de Pierre SALES
à 3 fr. 50 le Volume

CH. BROSSARD

Géographie Pittoresque et Monumentale
de la FRANCE
et de ses COLONIES

Description du Sol. - Curiosités - Monuments
Cartes des Départements.

Chaque volume renferme 600 gravures dont 160 en couleurs
L'ouvrage tiré sur papier couché, forme six volumes grand in-8°

TOME I
LA FRANCE DU NORD
TOME II
LA FRANCE DE L'OUEST
TOME III
LA FRANCE DE L'EST
TOME IV
LA FRANCE DU SUD-OUEST
TOME V
LA FRANCE DU SUD-EST
TOME VI
COLONIES FRANÇAISES

Prix du volume broché . . . . 25 fr.
En reliure demi-chagrin, plaque . . . . 32 fr.
En reliure amateur, coins . . . . 35 fr.

GÉOGRAPHIE (suite)

La publication se vend aussi en séries à 0 fr. 60 et en fascicules régionaux comme il suit :

FRANCE DU NORD

Paris et le Département de la Seine. 4 50
Seine-et-Oise . . . . 2 »
Ile-de-France 6 50
Picardie, Artois et Flandre 6 50
Normandie. . . . . 8 »

FRANCE DE L'OUEST

Bretagne . . . . 10 »
Maine-Anjou. 4 50
Touraine-Orléanais. . . . . 7 »
Berry-Bourbonnais . . . . 4 »

FRANCE DE L'EST

Champagne . . . . 6 »
Lorraine-Belfort 4 50
Franche-Comté. . . . . 4 »
Bourgogne. 6 50
Nivernais-Lyonnais . . . . 5 »

FRANCE DU SUD-OUEST

Le Poitou. . . . . 5 »
Aunis, Saintonge, Angoumois, Limousin . . . . 6 »
Guyenne et Gascogne, I : *Gironde, Dordogne, Lot, Lot-et-Garonne* . . . . 7 »
Guyenne et Gascogne, II, et Béarn : *Tarn-et-Garonne, Aveyron, Landes, Gers, H^{tes}-Pyrénées, Basses-Pyrénées.* 7 50

FRANCE DU SUD-EST

Roussillon, Comté de Foix . . . . 2 »
Languedoc. 7 50
Auvergne, Marche . . . . 4 »
Savoie, Dauphiné. 4 50
Littoral méditerranéen : *Provence, Nice, Avignon* 6 50
Corse 1 50

GÉOGRAPHIE *(suite)*

COLONIES FRANÇAISES

Algérie	5 »
Tunisie	2 »
Maroc	2 »
Afrique occidentale française	4 »
Madagascar, Réunion, etc	2 50
Colonies d'Asie	6 »
Colonies d'Amérique	2 50
Colonies d'Océanie	1 50

*L'OUVRAGE SE VEND ÉGALEMENT PAR DÉPARTEMENT,
AVEC CARTE SPÉCIALE*

1ʳᵉ Série à O fr. 75

Alpes (Basses).	Cantal.
Alpes (Hautes).	Creuse.
Ardèche.	Lozère.
Ariège.	Savoie.
Belfort (Territoire de).	Savoie (Haute).

2ᵐᵉ Série à 1 fr. 35

Ain.	Drôme.
Aisne.	Eure.
Allier.	Eure-et-Loir.
Alpes-Maritimes.	Gard.
Ardennes.	Garonne (Haute).
Aude.	Gers.
Aveyron.	Hérault.
Charente.	Indre.
Cher.	Isère.
Corrèze.	Jura.
Corse.	Landes.
Doubs.	Loire.

GÉOGRAPHIE (*suite et fin*)

2me Série à 1 fr. 35 (*Suite*)

Loire (Haute).
Lot.
Lot-et-Garonne.
Manche.
Marne.
Marne (Haute).
Mayenne.
Meurthe-et-Moselle.
Meuse.
Nièvre.
Oise.
Orne.
Puy-de-Dôme.

Pyrénées (Basses).
Pyrénées (Hautes).
Pyrénées-Orientales.
Saône-et-Loire.
Saône (Haute).
Sarthe.
Tarn.
Tarn-et-Garonne.
Var.
Vaucluse.
Vendée.
Vienne (Haute).
Vosges.

3me Série à 1 fr. 95

Aube.
Bouches-du-Rhône.
Calvados.
Charente-Inférieure.
Côte-d'Or.
Côtes-du-Nord.
Deux-Sèvres.
Dordogne.
Finistère.
Ille-et-Vilaine.
Indre-et-Loire.

Loiret.
Loir-et-Cher.
Maine-et-Loire.
Morbihan.
Pas-de-Calais.
Seine-et-Marne.
Seine-et-Oise.
Somme.
Vienne.
Yonne.

4me Série à 2 fr. 50

Gironde.
Loire-Inférieure.
Nord.

Rhône.
Seine-Inférieure.

Le Bon Journal

paraissant tous les Dimanches

MAGAZINE ILLUSTRÉ à **15** centimes

NOUVELLE SÉRIE

PARIS, DÉPARTEMENTS, ALGÉRIE et TUNISIE. Six mois : **4 fr. 50**. — Un an : **8 fr.**
ÉTRANGER, UNION POSTALE. . . . . . . Six mois : **7 fr.** — Un en : **13 fr.**

ADMINISTRATION ET RÉDACTION :

PARIS   26, Rue Racine, 26   PARIS

EN VENTE :

A PARIS, dans tous les kiosques et chez tous les marchands de journaux. — **EN PROVINCE,** chez les libraires et marchands de journaux et dans toutes les gares de chemins de fer.

LE BON JOURNAL est le seul **Magazine** illustré à 15 centimes, 40 pages de texte avec nombreuses illustrations, romans des meilleurs écrivains français, toute les actualités de la mode, du théâtre, des sciences, des arts, du sport, etc.

Primes remboursant intégralement à tous les abonnés le montant de l'abonnement. Grands concours d'actualités dotés de nombreux prix importants.

LE BON JOURNAL ne publie que des romans que tout le monde peut lire ; *c'est le journal de la famille par excellence.*

Envoi franco, sur demande, de numéros spécimen.

8720-5-07. — Paris. — Imp. Hemmerlé et Cⁱᵉ.